목마 퓨전 판타지 장편소설

WISHBOOKS FUSION FANTASY STORY

5

목마 퓨전 판타지 장편소설

초판 1쇄 찍은 날 | 2019년 9월 16일
초판 1쇄 펴낸 날 | 2019년 9월 23일

지은이 | 목마
펴낸이 | 예경원

기획 | 위시북스
편집책임 | 이규재
편집 | 위시북스

펴낸곳 | 예원북스
등록번호 | 제396-2012-000132호
등록일자 | 2012. 7. 25
KFN | 제1-464호

주소 | 경기도 고양시 일산동구 호수로 646-24 위너스21II빌딩 206A호 (우)10401
전화 | 031-819-9431 팩스 | 031-817-9432
E-mail | yewonbooks@naver.com

ⓒ목마, 2019

ISBN 979-11-365-0160-8 04810
      979-11-6424-342-6 (set)

무공을 배우다

5

목마 퓨전 판타지 장편소설
WISHBOOKS FUSION FANTASY STORY

Wish Books

CONTENTS

1장
오랜만에

"어…… 음."

입국 심사관은 여권의 사진과 앞에 선 여자의 얼굴을 번갈 아 바라보았다.

'이거 진짜인가? 위에서 전해 들은 이야기는 없는데…….'

그런 생각을 하면서 다시 여권을 내려다보았다. 보통 이 정 도의 인물이 온다면 위에서 각별히 주의하라고 언질이라도 오 는데, 오늘은 아무런 이야기도 듣지 못했다.

"뭐 문제라도?"

"아, 아닙니다."

발렌시아 세베즈. 입국 심사관은 마지막으로 한 번 더 여권 에 적힌 이름을 확인했다.

심사관을 보며 발렌시아는 손가락에 걸치고 있던 선글라스를 코에 걸쳤다. 심사관은 그녀의 연한 청회색 눈동자를 마주 보고서 꿀꺽 침을 삼켰다.

"무, 무슨 일로 한국에……?"

"비즈니스."

여권에 도장이 찍혔다. 발렌시아는 여권을 받고서 느긋한 걸음으로 심사대를 빠져나왔다. 그곳에는 먼저 통과한 그녀의 비서가 기다리고 있었다.

"문제라도 생긴 줄 알았어요."

"저 한국인이 병신처럼 굴었을 뿐이야."

"많이 놀랐나 보죠. 마스터가 시끄러운 건 싫다고 해서, 일부러 매스컴에 노출 안 되도록 조용히 입국했잖아요?"

먼 스페인에서 13시간 동안 날아서 한국에 도착했다. 하지만 발렌시아와 비서는 캐리어는커녕 숄더백 하나 들고 있지 않았다.

발렌시아는 여권을 코트 주머니에 집어넣으면서 투덜거렸다.

"좌석이 아무리 좋아도 비행기는 결국 비행기야. ×같다고."

"너무 오래 걸려서 그래요."

"라이 룽은 용을 타고 다니잖아? 나도 비행 아티펙트나 만들까 봐."

"개인기로 쓰려고요? 그거 절차도 꽤 복잡하고 귀찮을 텐데요."

"법 따박따박 지킬 생각은 없는데? 그냥 공개 안 하고 안 들키면 되잖아."

"스텔스기라도 만들 생각이에요?"

"그거 레이더에만 안 잡히는 거 아냐? 기왕 만들 거면 눈에도 안 보여야지."

"엑스맨에 나오는 것처럼?"

"그건 너무 오래됐고. 왜, 블랙 팬서에 나왔던 거."

"아예 우주선까지 만들지 그래요?"

"외계인이 있다면 말이야."

발렌시아는 그렇게 말하며 낄낄 웃었다.

"차는?"

"미스터 한이 준비해 놨겠죠."

"얼마나 좋은 차를 가지고 왔을지 보자고."

"그래 봤자 롤스로이스 아니겠어요?"

"하긴, 그게 제일 상상하기 쉬운 고급 차긴 하지. 리무진만 아니면 좋겠어. 그건 너무 튀잖아."

"마스터는 튀는 거 좋아하잖아요?"

"리무진은 못생겼어. 못생긴 거로 튀는 걸 좋아하는 게 정상이야? 미친놈이지."

둘은 그런 대화를 나누며 입국 게이트로 향했다. 미리 준비해 둔 유심을 연결해 핸드폰의 전원을 켜면서, 비서는 앞서 걷는 발렌시아에게 물었다.

"마스터가 직접 한국으로 가자고 할 줄은 몰랐어요."

"한번도 온 적 없는 나라니까, 뭐 관광하는 기분도 낼 겸."

"그만큼 관심이 있기도 하잖아요?"

"없는 게 이상한 것 아니야?"

발렌시아는 대답과 함께 낄낄 웃었다.

"브라이트를 론칭하면서부터 생각했어. 그걸 가장 먼저 쓰게 할 녀석은, 이 작은 나라의 동양인뿐이라고 말이야."

"그가 거절하면요?"

"거절할 리가 없잖아. 내가 주는 아티펙트인데?"

토요일 오후. 입국 게이트는 사람이 넘쳐 북적거리고 있었다. 하지만 저 많은 사람 중 발렌시아를 알아볼 사람은 단 한 명도 없었다. 그녀가 쓰고 있는 선글라스는 단순한 선글라스가 아니라, 그녀가 직접 만든 아티펙트였다.

"저기 있네요."

몰려 있는 사람 중 '마이스터' 길드의 한국 지부장, 한성민이 플래카드를 들고 서 있었다.

"역시."

"예?"

발렌시아가 중얼거린 말에 한성민이 고개를 갸웃거렸다. 한성민의 앞에는 6미터에 달하는 연보라색의 롤스로이스 팬텀이 거대한 존재감을 과시하고 있었다.

비서는 게이트에 오기까지 나누었던 대화를 떠올리며 피식 웃었다.

"그래도 리무진은 아니잖아요."

"다를 것도 없지. 길잖아."

"저어…… 차가 불만이신 겁니까?"

한성민이 불안한 표정을 지으며 물었다. 저 먼 스페인에서 길드 마스터가 방한한다 하여 직접 자차를 끌고 나왔는데. 설마 롤스로이스를 두고서 면박을 들을 줄은 상상도 하지 못했다.

"불만이랄 것까지야."

"맞아요. 그렇다고 마스터가 경차를 탈 건 아니잖아요?"

비서는 그렇게 말하며 뒷좌석의 문을 열어주었다.

"그런데…… 어디로 가면 되는 겁니까?"

운전석에 앉은 한성민이 뒤를 돌아보았다.

'아이언메이드'의 예비 사도인 발렌시아가 창립한 마이스터 길드. 이 길드는 일반적인 헌터 길드와는 여러 가지로 다르다.

정확히 말하자면, 다른 것은 '길드'가 소속된 '헌터'들이다. 마이스터 길드의 헌터들은 어비스를 탐색하거나, 몬스터와 싸우는 것에 몰두하지 않는다. 그들이 몰두하는 것은 오직 아티 펙트의 가공과 생산뿐이었다.

그렇기 때문에 길드원들은 스스로를 '헌터'가 아닌 '장인'이 라 칭했고, 마이스터 길드에 소속된다는 것은 그 실력을 인정 받았다는 증거였다.

운전대를 잡고 있는 한성민은 마이스터 길드의 한국 지부장 으로서, 한국에서는 최고라 꼽히는 아티펙트 장인이었다. 운 전기사 노릇이나 할 위인은 절대 아니었지만, 상대가 상대인 이상 그가 직접 운전대를 잡아야만 했다.

하지만 미리 들은 것은 아무것도 없었다. 대뜸 한국에 오겠 다는 연락만 들었을 뿐, 이유도 모른다. 아마 브라이트를 론칭 한 것과 관련되기는 했을 터인데⋯⋯.

"백현."

발렌시아의 입에서 그 이름이 나왔다.

"그를 만나고 싶어."

한성민은 바보가 아니었다. 그는 일주일 전에 발렌시아가 했던 인터뷰를 떠올렸다.

"설마 그가⋯⋯."

"맞아. 브라이트의 첫 주인은 그 녀석으로 할 거야."

발렌시아는 느긋한 목소리로 대답했다. 처음 백현에 관한 이야기를 듣고, 그에 관련된 영상을 찾아보았을 때부터 발렌시아는 브라이트의 론칭을 준비하고 있었다.

아티펙트라는 것은 결국 물건이다. 아무리 뛰어난 무기, 방어구를 만들어봤자, 사용하는 사람이 제대로 다루지 못한다면 돼지 목에 진주 목걸이를 걸어주는 것밖에 되지 않는다.

그렇다면 이미 실력이 입증된, 뛰어난 헌터에게 주면 되지 않은가? 마냥 그럴 수는 없었다. 예비 사도로서 다른 군주를 견제하기 위함은 아니다. 그딴 것은 군주인 아이언메이드도, 그리고 발렌시아 본인도 신경 쓰지 않는다. 단지 개인적인 감정 때문이었다.

제 얼굴에 침을 뱉는 격이지만, 모든 헌터는 결국 군주에게 힘을 '받은' 존재들이다. 계약을 통해 레벨과 권능을 받지 않았다면, 그들은 헌터가 아니라 약해 빠진 인간에 지나지 않는다.

하지만 백현. 그 동양인은 어떤가? 그는 그 어떤 군주와도 계약하지 않았다. 그러면서도 믿을 수 없을 정도로 강하다. 화천 어비스나 천둥새 토벌에서 보여준 활약은 도저히 계약하지 않은 인간이라 여길 수 없을 정도였다.

"보고 싶어."

발렌시아는 귓바퀴를 가득 채운 피어싱들을 훑으며 웃었다.

사도와 예비 사도들은 애당초 염두에도 두지 않았다. 어차피 그들은 군주에게 신물을 받았고, 만약 받지 않았다고 해도 아티펙트가 필요 없을 정도의 막대한 권능을 지니고 있다. 소재로서의 가치가 다른 것이다. 군주와 계약해서 받은 힘을 사용할 뿐인 헌터와 스스로 힘을 손에 넣은 인간.

발렌시아는 백현이 자신이 심혈을 기울여 만든 아티펙트를 과연 '어떻게' 사용할지 궁금해 견딜 수가 없었다.

"미리 말씀이라도 해주시지……."

"서프라이즈야."

한성민이 중얼거리자 발렌시아는 낄낄거리며 웃었다. 한성민은 한숨을 푹 내쉬며 핸드폰을 들었다. 백현, 백현이라.

'까다로운데……'

그는 유명했지만, 접촉이 힘든 인물이었다. 백현 자신이 그런 자각이 있는지 없는지는 모르겠지만 말이다.

그가 혜성처럼 등장한 지 벌써 넉 달이라는 시간이 흘렀다. 그래, 고작 넉 달이다.

그는 정말 아무 전조도 없이, 넉 달 전에 화천 어비스에서 돌연 모습을 드러내어 활약을 벌였다. 그리고 며칠 뒤에는 어비스의 남쪽, 거주 구역 벨파르 인근의 미조사 지역에서 천둥새를 토벌했다.

드러난 활약은 두 번밖에 안 된다. 그런데 너무 과하다. 혼자서 화천의 어비스의 몬스터를 토벌하는 것? 그렇게 할 수 있는 헌터는 꽤 많다. 천둥새 토벌? 마찬가지다. 하지만 그게 아무 군주와도 계약하지 않은 인간이라면?

없다.

그는 인간이 아니다. 다들 내심 알고 있을 것이다. 백현은 인간이면서 인간이 아닌 무언가라는 것을.

5년 동안 식물인간으로 살았던 인간이, 갑자기 눈을 떠서 그런 말도 안 되는 짓을 벌였다. 누가 보아도 수상한 일이다.

음모론자들은 이미 백현의 정체를 두고서 다양한 음모를 제기했다. 물론 그 대부분이 터무니없는 낭설이었지만, 그의 존재와 '어비스'를 연관 짓는 것들 중에서는 꽤 그럴듯하게 들리는 것들이 아주 없지는 않았다.

몇 번이나 접촉하려 했던 매스컴의 시도는 전부 무산되었다. 일주일 전만 해도 강남역의 사건과 관련해 다양한 기사가 났지만, 해명 인터뷰도 뜨지 않았다. 그래서 까다로운 것이다. 명확한 정체도 알 수 없는 데다, 대외적인 활동도 거의 하지 않는다. 대체 어떤 식으로 접촉해야 할지도 모르겠다.

"뭐 문제라도 있어?"

"아…… 예. 조금."

한성민의 이야기를 듣고서, 발렌시아가 헛웃음을 터뜨렸다.

"그 녀석의 집은 알아?"

"그건…… 잘."

"알아봐. 지금은 일단 호텔로 가고."

"알겠습니다."

조급하게 굴 마음은 없었다. 거절을 염두에 두고 있지 않기 때문이기도 했다. 그리고 기왕 한국까지 직접 오기까지 했는데. 집까지 찾아가 주는 것은 얼마든지 해줄 수 있었다.

꽤 오랜만에 온 화천 어비스는 변한 것이 없었다. 여전히 벽은 높았고, 사람들은 꽤 많았다. 사람들이 알아보고서 소란을 피우지 않을까 싶었는데, 다행히 그런 일은 없었다.

화천 어비스 지하. 최악의 사태를 위한 대피용 셸터는 주차장의 역할도 겸임하고 있었다. 물론 아무나 쓸 수 있는 곳은 아니었지만, 한국에 하나뿐인 예비 사도이자 어비스 관리소장의 딸인 정수아에겐 사용할 자격이 충분했다.

주차를 마치고 엘리베이터를 타고 올라가, 대기표를 받은 백현은 넉 달 전의 일을 떠올리면서 피식 웃었다.

그때, 이곳에 처음 왔을 때. 그때의 설렘은 지금 떠올려도 꽤 좋은 기분이었다.

"내가 했던 말 기억하지?"

"응."

사라가 고개를 끄덕거렸다.

"튜토리얼. 들어가서 뭘 하든 내 마음인데, 군주는 절대로 선택하지 말라고 했지?"

"응, 절대로 안 돼."

"……꼭 그럴 필요가 있어요?"

정수아가 고개를 갸웃거렸다.

"군주랑 계약하는 게 나쁜 것은 아니잖아요?"

"굳이 할 필요가 없잖아."

계약이라는 것부터가 수상쩍다. 재생의 뱀은 백현에게 상당한 호의를 보이고, 정수아에게 직접 강림하고서도 그녀를 돌보았던 군주긴 하지만. 백현은 그렇다고 해서 재생의 뱀을 무조건 '선한' 군주라고 생각하진 않았다.

애당초 재생의 뱀 본인이 말하지 않았던가? 그 군주는 스스로를 유희꾼이라고 했다. 오직 자신의 즐거움만을 위해 어비스에 들어왔고, 다른 신격들과 싸웠다고. 언젠가 재생의 뱀은 또다시 자신의 즐거움만을 위해 날뛸지도 모른다.

다른 군주들도 마찬가지다. 각자가 바라는 것이 있고, 그들과 계약한 헌터와 사도는……. 결국에는 군주의 손발과 꼭두각시일 뿐이다. 서민식과 정수아는 이미 계약을 해버린 상태에서 만났지만, 백현은 사라가 그런 계약을 하게 두고 싶지 않았다.

"가장 좋은 건, 그냥 아무것도 안 하는 거야."

그래 봤자 몇몇 군주는 알게 될 것이다.

우선 재생의 뱀은 사라의 존재를 알고 있다. 어쩌면 하이로드도 알고 있을지도 모른다.

'진 웨이, 그 새끼는 요즘 뭐 하고 있을까.'

연리운과의 싸움 도중 카르파고가 난입한 이후, 진 웨이와는 연락이 완전히 끊어졌다. 놈에게서 전화가 온 적도 없었고, 백현도 굳이 진 웨이에게 연락하지 않았다. 어쩌면 이번 일로 진 웨이가 다시 접촉해 올지도 모른다.

'만약 그렇다면.'

그때, 진 웨이가 자신을 돕지 않았다는 것에 별 감정을 갖고 있지는 않았다. 애당초 그를 믿은 적도 없었으니까. 하지만 그 것과 별개로 관측이랍시고 또 곁에 붙으려 하면, 죽이진 않아도 패버릴 마음은 있었다.

"김사라 씨."

"너 부른다."

백현은 사라의 옆구리를 콕 찔렀다.

결국, 사라의 이름은 김사라가 되었다.

뭔지 모를 인격 검사는 다행히 큰 문제 없이 통과되었다. 앞에 앉은 남자가 감정적으로 조금 불안한 점이 있다고 떠들었는데, 사라는 그 말을 제대로 귀 기울여 듣지 않았다.

"다녀와."

어비스에 들어가기 전. 백현은 웃으며 손을 흔들었다.

사라는 히죽 웃으며 고개를 끄덕거렸다.

유리 벽 너머의 거대한 구멍, 여태까지 이 세계에서 보았던 풍경들과는 확연히 다른 괴리감을 가지고 있었다. 백현이 말한 대로였다. 보는 것만으로도 빨려 들어가서, 이 세상이 아닌 다른 세상으로 가버릴 것만 같았다.

'아.'

그게 조금 두려웠다. 저것도 마찬가지였다. 거대한 폐허를 연상시키는 저 구멍은, 떠올리고 싶지 않은 이전 세계를 기억시켰다.

사라는 아랫입술을 잘근 씹었다. '다녀와.' 그녀는 백현이 했던 말을 떠올렸다. 그리고 짧은 부유감 뒤에, 시커먼 세계에서 눈을 떴다.

[어비스에 오신 것을 환영합니다.]

이곳이 어비스라는, 그 당연한 사실에 안심했다. 이곳은 도원경이 아니다. 그녀가 살았던 17차원도 아니다.

이 세계에서, 그녀는 영혼이 아닌 진짜 육체를 가지고 있었다. 낮과 밤이 없던 도원경과는 다르게 낮과 밤이 확실히 존재했고, 아주, 아주 많은 사람이 있었다.

거실에 있는 TV라는 것은 언제나 세상 곳곳의 모습을 보여준다. 흥겹게 노래하고 춤추는 이들과 그것에 열광하는 사람들. '정치'라는 것은 너무 어렵고 이해하고 싶지도 않았지만, 드라마와 영화라는 것은 꽤 즐거웠다. 그것들이 모두 연극이라는 것을 백현에게 들었을 때는 꽤 놀랐지만, 그렇다고 해서 즐겁지 않았던 것은 아니었다.

음식도 맛있었다. 치킨이나, 피자나, 햄버거. 김치는 영 별로였지만, 라면은 좋았다. 족발이나 그런 것들. 매일매일 새로운 음식을 먹을 수 있고, 똑같은 음식이어도 다른 맛이 난다는 것이 정말, 정말이지.

이 세계에는 전쟁이 없었다. 아니, 사실 그건 잘 모르겠다. 어쩌면 전쟁이 있을지도 모른다. 어쩌면 이 세상 어딘가에서 전쟁이 벌어지고 있을지도 모른다. 하지만 그 전쟁은 참 하찮은 것임이 틀림없었다. 그렇지 않고서야 세상이 이리도 평화로울 수는 없을 테니까. 사라는 진짜 전쟁이 어떤 것인지 너무나도 잘 알고 있었다.

이 세상에 온 지 고작 열흘밖에 되지 않았지만 사라는 이 평화로운 세계에 오게 되었음에 감사를 느꼈다.

도원경 이전의 기억은 그다지 떠올리고 싶지 않았다. 하지만, 기억이라는 것은 떠올리고 싶지 않다고 해서 떠올리지 않을 수 있는 것이 아니었다. 그녀에게 있어서 망각은 언제나 간

절했지만, 그 과거는 저주의 낙인처럼 깊이 새겨져 좀처럼 지워지지도, 잊히지도 않았다.

17차원 프로아.

프로아의 신화(神話)는 세계수에서 시작된다. 무한한 생명력과 마나를 내뿜는 그 거대한 나무는 프로아의 태고부터 존재했으며, 그 자체가 프로아의 유일한 신앙이었다.

사교(邪敎)의 마녀가 세계수를 오염시켰고, 세계수가 죽어 쓰러진 뒤에 전쟁이 시작되었다.

이유는 단순명료했다. 세계수가 쓰러지고서 땅이 오염되기 시작한 것이다. 오염된 땅에는 사람도, 식물도, 동물도. 그 무엇도 살아갈 수 없었다. 살 수 있는 땅은 점점 줄어갔고, 사람의 숫자는 그대로였다. 그리고 식량은 영토보다 더 빠르게 줄어갔다. 그렇다면 사람의 숫자는 줄이고 다른 이의 땅을 빼앗아야만 했다.

오염된 땅에서 시체는 마물이 되어 배회했고, 사람들은 사교의 마녀를 저주하고 두려워하면서, 마녀와 사교도들이 오염된 땅에서 마물들을 이끌고 있을 것이라 수군거렸다.

웃기는 소리였다. 마녀는 사교도들도, 마물도 이끌지 않았다. 사라는 누구보다도 그 사실을 잘 알고 있었다. 언제나 교전(敎典)을 끼고 다니던 주교는 마녀를 '성녀'라 부르며 언젠가 성녀가 이 땅에 재림하여 신국(神國)을 건설할 것이라 떠들었다. 그리고 모든 교도는 그 날이 오면 그 완전한 나라에서 부귀영화를 누릴 것이라 말했다.

페레하는 억세고 당차며 눈치가 빨랐다. 그녀는 사라보다 다섯 살이 많았다.

그 날. 마을에 심부름을 나갔던 페레하는, 사라와 몇몇 아이들을 데리고서 해가 저물기 전에 교회를 빠져나갔다.

며칠 후. 그곳에 돌아가 보니, 교회는 불타 있었다. 주교는 사지가 잘리고 교전이 입에 처박힌 채 죽어 있었다. 열 살 때의 일이었다.

그녀가 살았던 왕국은 전쟁에서 패배를 앞두고 있었다. 이웃 나라의 군대가 우리 모두를 죽일 거라고, 거리에서는 술에 취한 어른들이 떠들어댔다.

페레하는 동년배 몇몇과 함께 밤에 나가고, 아침에 돌아오곤 했다. 그럴 때마다 그녀들의 품 안에는 먹을 것이 있었다.

빈민가의 작은 방은 언제나 다양한 냄새가 떠돌았다. 여자 아이에게 나지 않아야 할 냄새들. 사라는 매일 방을 청소했다.

넌 아직 괜찮아.

가끔씩, 페레하는 사라에게 그렇게 말하곤 했다. 아직이라면 언젠가는 해야 한다는 거겠지.

전쟁이 끝나기도 전이었다. 몸이 불덩이처럼 뜨겁다가, 얼음처럼 차갑다가…… 피부가 곪아 터졌다. 발끝이 푸르딩딩하게 붓고 온몸에서 열꽃이 피었다. 열네 살 때였다.

의사도 부를 수가 없었다. 그럴 돈도 없었거니와, 의사라 자칭하는 이들은 모두가 전쟁터로 끌려가 거리에 남아 있지도 않았다. 간신히 목숨을 부지했지만, 차라리 죽는 것이 나은 몰골이 되었다.

결국 '해야 할' 날은 오지 않았다. 곰보처럼 변해 버린 얼굴과 물집이 터져 고름이 가득 찬 몸뚱이를 빵 부스러기로 사줄 손님은 아무도 없었다.

언제부턴가 그 작은 방에는 사라밖에 남지 않았다. 페레하도, 다른 언니들도 돌아오지 않게 되었다. 배가 고팠다. 발을 질질 끌고 거리로 나가 쓰레기를 뒤지고, 구걸하고. 몸은 점점 야위어가고, 차라리 죽는 것이 나았다.

그냥 죽고 싶었다. 그런데도 죽지 않았던 것은, 누군가의 동정심 때문이었다. 다 똑같은 처지의, 함께 죽어가는 빈민굴에서도 사라는 특히나 불행하고 처참한 몰골이었다.

대체 누구인지는 알 수 없었지만, 언제부터인가 눈을 뜨면 눈앞에 음식들이 놓여 있었다. 사라가 죽지 않고 살아갈 수 있었던 것은, 그 누군가가 동정심으로 전해준 음식들 덕분이었다.

그렇게 살다가 도원경으로 왔다.

영혼은 망가지지 않은 육체를 구성해 주었다. 모든 이야기를 들었을 때, 그 끔찍한 세계에서 떠날 수 있게 되었음에 펑펑 울었다. 쓰레기 같은 세계에서 죽어가던 자신이 특별한 존재임을 알게 되었다.

지워 버리고 싶은 기억이다. 다시는 그 세계로 돌아가고 싶지 않았다. 그 세계는 어떻게 되었을까.

페레하는? 마녀는? 관심 없었다.

모두, 다, 그들이 어찌 되었든 사라는 이곳에 있었다. 이 세계는 전쟁 없이 평화로웠고, 그녀는 굶주림을 느끼지 않았으며, 자유로웠다.

사라는 자신이 음양화신을 타고난 것에 감사했다. 그렇지 않았다면 절대로 그 세계를 벗어날 수 없었을 테니까. 그리운 스승인 설화봉 유운려와도 만나지 못했을 것이고, 백현과도 만나지 못했을 것이다. 그리고 이 평화로운 세계로도 오지 못했을 것이다.

[튜토리얼이 시작됩니다.]

눈앞에 몬스터들이 나타났다. 튜토리얼 역시 백현이 말한 대로였다. 나타난 몬스터들은 정말, 약해 빠져 보였다. 바로 앞에서 위협하듯 날카로운 이를 보이는데, 아무런 위협도 느껴지지 않았다.

백현은 가장 좋은 건 아무것도 하지 않는 것이라 했지만, 사라는 그 말을 곧이곧대로 따를 생각은 없었다. 백현이 어비스에 흥미를 느꼈던 것처럼, 사라도 똑같았다. 그녀 역시 이 미지의 세계에 많은 호기심을 가지고 있었다.

사라는 활짝 웃으면서 백설염화천무를 운용했다. 그녀의 양손이 상반된 기로 휘감겼다.

한 번의 몰살 후.

[어비스의 군주들이 당신의 힘을 시험하고자 합니다.]

다를 것 없었다. 더 많은 몬스터들이 나타났고, 몰살이 반복되었다. 불타고, 얼어붙고. 사라는 후련함을 느끼며 쭉 기지개를 켰다.

'이다음이 군주들의 메시지였던가?'

군주들은 각자 나름대로 경악을 보내며, 사라에게 권능과 계약을 권했다.

"안 해."

백현이 언질했던 대로 웃으며 대답해 주었다.

[무령이 당신에게 메시지를 전합니다.]

[그대는 백현과 무슨 관계인가?]

[재생의 뱀이 당신에게 메시지를 전합니다.]

[도둑고양이.]

[퓨어세인트가 당신을 살펴봅니다.]

[퓨어세인트가 당신의 얼굴을 바라봅니다.]

[퓨어세인트가 당신의 붉은 눈을 응시합니다.]

'뭐야?'

도둑고양이는 또 뭐고, 퓨어세인트란 군주는 왜 이리도 자신을 쳐다보는가?

"뭘 봐?"

사라는 눈에 꽉 힘을 주고서 어둠 너머를 노려보았다.

…….

[튜토리얼이 종료되었습니다.]

[당신은 어떠한 군주도 선택하지 않았습니다.]

"도둑고양이가 무슨 뜻이지?"

어비스에서 돌아오는 길에, 곰곰이 생각에 잠겼던 사라가 중얼거렸다. 운전대를 잡고 있던 정수아의 어깨가 움찔 떨렸다.

'왜 그러신 거예요?'

[재생의 뱀이 혀를 찹니다.]
[재생의 뱀이 강신을 고민합니다.]

'안 돼요, 절대 하지 마세요. 제발. 하면 저 죽어버릴 거예요.'

마음이 흐트러지면서 운전대를 잡은 손도 함께 떨렸다. 차가 크게 한 번 덜컹거렸다. 주변에 차가 없는 게 다행이었다.

"왜 그래?"

"아, 앞에 강아지가 있어서."

"고속도로에?"

"고라니 시체였나 봐요. 강원도잖아요."

정수아는 대충 둘러댔다.

"퓨어세인트가 왜 널 쳐다본 거야?"

"내가 어떻게 알아?"

사라가 입술을 삐죽 내밀었다.

"난 걔가 누구인지도 몰라. 그냥 신기해서 쳐다본 거겠지."

사라는 대수롭지 않다는 투로 중얼거렸다.

"아, 맞아. 무령이 나한테 너랑 무슨 관계냐고 물어봤어."

지금의 무령은 연리운이다. 최근 두 달 동안 무령은 새로이 어비스에 들어온 헌터 중 누구와도 계약하지 않았다. 그를 두고서 어비스를 연구하는 학자들은 나름대로 의견들을 떠들었지만, 백현은 그 이유를 잘 알고 있었다.

'슬슬 익숙해졌나 보네.'

연리운이 신격을 얻고 무령이 된 지 이제 두 달이다. 대뜸 신이 되어버렸으니 적응하는 시간이 필요했으리라.

"죄송해요, 오빠. 집까지 모셔다드려야 하는데……."

"괜찮아. 여기까지 데려다준 것도 고마운걸."

"부모님 결혼기념일이라서요……."

그것만 아니었어도 같이 저녁이라도 먹고 들어가겠지만, 결혼기념일까지 내팽개칠 수는 없었다.

"다음에 봐요, 오빠."

"응."

"꼭이요!"

도산공원 근처에서 정수아와 헤어졌다. 사라는 멀어지는 정수아의 차를 보면서 백현을 돌아보았다.

"넌 왜 차 없냐?"

"뛰는 게 더 빠르잖아. 너도 똑같으면서 왜 물어봐?"

"차가 더 편하잖아."

"난 뛰는 게 더 편해. 야, 그리고 차 타고 다니면 신경 써야 하는 게 얼마나 많은 줄 알아? 차 막히면 또 얼마나 답답한데?"

"차 타고 다니다가 막힐 때 뛰어가면 되잖아."

"차는 어쩌고?"

"들고 가면 되지."

사라의 대답에 백현은 아무런 대답도 할 수가 없었다. 무식하기 짝이 없는 방법이었지만, 백현과 사라의 능력이라면 충분히 가능하고도 남았기 때문이다.

"난 차 타고 다니고 싶어."

"대체 왜."

"드라마나 영화에서 나오잖아. 운전석에 네가 앉고, 조수석에 내가 앉는 거야. 그리고…… 그리고……."

사라가 얼굴을 빨갛게 물들이고서 중얼거리는 동안, 백현은 택시를 잡았다. 사라가 족발을 시켜 먹자고 했기 때문이다.

"안 타?"

"너, 왜 내 말 안 들어?"

"차는 나중에 생각해 볼게."

"나 찾아봤는데, 페라리 그거 멋있게 생긴 것 같아."

뒷좌석에 앉은 사라가 재잘거렸다.

"람보르기니랑 멕라렌이랑 포르쉐랑."

어째 말하는 차들이 죄다 슈퍼 카였다.

"그게 뉘 집 개 이름이냐?"

"개 이름이 여기서 왜 나와?"

"아니, 그런 뜻이 아니라. 왜 하필 그런 차들인데?"

"오픈카잖아."

"……내 친구 중에 민식이라고 있거든? 걔 차가 그거야, 람보르기니. 뚜껑은 안 열리지만."

"네가 운전할 수 있어?"

"빌려달라면 빌려주겠지."

'얘는 대체 언제 나오는 거야?'

백현은 혀를 차면서 서민식을 떠올렸다. 서민식이 어비스에서 나오지 않은 것도 벌써 몇 주였다. 다행히 서민식의 팔찌가 계속해서 갱신되고 있으니 무사한 것은 틀림없었지만, 하도 나오지 않아서 보고 싶을 정도였다.

택시는 아파트 입구 앞에서 멈췄다. 사라는 미리 족발을 시키는 백현의 옆에 붙어서 넌지시 말했다.

"쟁반국수랑, 소주도."

주민등록상으로 사라의 나이는 정수아와 동갑인 스물다섯이 되었기에, 술을 먹어도 문제 될 것은 없었다.

"저 차는 뭐냐?"

아파트 단지로 들어오면서, 사라는 눈을 동그랗게 뜨고서 물었다.

"롤스로이스네."

"뭐 저렇게 커?"

"그러게."

별생각 없이 지나치려는 순간 문이 벌컥 열렸다.

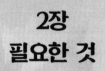

2장
필요한 것

롤스로이스에서 내린 얼굴은 낯이 익었다. 실제로 본 적은 없었고, 어디서 봤더라.

'아.'

백현은 열흘 전쯤 보았던 인터뷰 기사를 떠올렸다. 피어싱을 주렁주렁 달고, 온몸에 타투를 하고서 뻐큐를 날리던.

"발렌시아?"

"날 알아?"

발렌시아가 고개를 갸웃거렸다. 당연히 그녀는 한국어를 하지 못했다. 하지만 내뱉은 말은 기본적인 영어라서 알아들을 수는 있었다.

"저건 또 누구야?"

백현의 옆에 있던 사라가 경계 어린 눈으로 발렌시아를 쏘아보았다. 도원경에서 나와 이 세계에서 지낸 지 넉 달이라고 했는데. 도대체 넉 달 동안 뭘 했길래 주변에 여자가 이리도 많단 말인가? 사라는 경멸을 듬뿍 담은 눈으로 백현을 노려보았다.

"안녕하세요."

발렌시아와 함께 내린 비서가 백현에게 꾸벅 고개를 숙였다. 비서 역시 여자였다. 사라의 눈썹이 꿈틀거렸다.

"당신들이 여기는 왜 와 있는 거야?"

"쟤 지금 뭐라고 하는 거야?"

발렌시아가 투덜거렸다. 운전석에서 내린 한성민이 낮게 헛기침을 했다. 한 발 앞으로 나선 한성민이 품 안에서 명함 케이스를 꺼냈다.

"안녕하십니까, 백현 씨. 갑작스레 찾아와 죄송합니다. 미리 연락이라도 드렸어야 했는데……."

"아저씨는 누구세요?"

한성민 역시 한국에서는 모르는 사람이 적을 정도로 유명한 인물이었지만, 백현은 그가 누구인지 전혀 모르고 있었다. 애당초 그는 아티펙트라는 것에 관심이 거의 없었기 때문에, 마이스터 길드의 한국 지부장이 누구인지에 대해서는 알아볼 생각도 해본 적이 없었다.

"한성민이라고 합니다."

한성민은 당황하지 않고서 명함을 꺼내 백현에게 건네주었다. 명함의 이름과 직위를 확인하고서, 백현은 고개를 갸웃거렸다.

아직 저들이 왜 이 아파트에 있는지 이유를 알 수가 없었다. 설마 이번에 이사를 와서 인사를 하려는 건 아닐 테고.

"브라이트?"

인터뷰 영상을 떠올리고, 머릿속에 스치는 것이 있었다. 백현의 중얼거림에 한성민이 환한 표정을 지으며 고개를 끄덕거렸다.

"예."

그러는 사이에 발렌시아는 코트 주머니를 뒤적거리고 있었다. 이 먼 나라까지 기약 없는 여행을 오면서 캐리어 하나 끌고 오지 않은 것에는 그만한 이유가 있었다. 그녀의 코트는 직접 만든 아티팩트였고, 주머니는 크기와 무게에 상관없이 그 어떤 물건이든 집어넣을 수 있었다.

"한."

"예?"

이유에 관해 설명하려는 순간, 발렌시아가 한성민을 불렀다. 발렌시아는 굵직한 체인 목걸이를 꺼내 한성민에게 던져주었다.

"껴."

한성민은 손에 올린 체인 목걸이를 내려 보았다. 사슬은 굵었지만, 생각보다 무겁지는 않았고, 사슬의 표면에는 자세히 보아야 눈치챌 정도로 복잡한 문양들이 아주 작게 새겨져 있었다.

'아티펙트.'

한성민은 즉시 체인 목걸이에 머리를 욱여넣었다.

아이언메이드의 예비 사도가 직접 만든 아티펙트. 즉, 래퍼나 차고 다닐 법한 이 체인 목걸이는 '신'과 가장 가까운 존재가 만든 아티펙트인 것이다.

"아, 아."

똑같은 목걸이를 목에 건 발렌시아가 목청을 가다듬었다.

"안녕하세요, 만나서 반갑습니다. 안녕? 반가워. 가나다마라바사……."

발렌시아는 머릿속에 들어오는 정보를 받아들이며 잠시 언어를 가다듬었다. 백현은 그런 발렌시아를 신기한 눈으로 쳐다보았다.

"그건 뭐야?"

"통역 아티펙트. 혹시 몰라서 만들어뒀는데, 쓸 일이 있어서 다행이네. 시대가 어느 시대인데 영어도 할 줄 모르는 거야?"

"최근에 배우고 있어."

사라가 찾아온 이후로 단 한 번도 학원에 가지 못했다는 것이 문제기는 했다. 집에서 인터넷 강의를 들으며 단어 암기 정도는 하고 있었지만, 아직 백현의 영어는 회화를 할 정도로 능숙하지는 않았다.

"브라이트 때문에 온 거야?"

"맞아."

발렌시아가 히죽 웃으며 고개를 끄덕거렸다.

"비즈니스 얘기를 하고 싶은데, 계속 여기 세워둘 거야?"

백현은 사라를 힐긋 보았다. 사라는 여전히 경계 어린 눈으로 발렌시아를 쳐다보고 있었다.

[괜찮아.]

사라는 뚱한 눈으로 백현을 힐긋거리며 입술을 삐죽 내밀었다.

'사람 마음도 모르면서.'

백현은 사라의 어깨를 한 번 두드려 주고서 발렌시아를 돌아보았다.

"족발 먹어봤어?"

"그게 뭐야?"

"그러니까…… 한국의 학센 같은 겁니다."

"학센? 돼지 다리?"

발렌시아가 고개를 갸웃거렸다.

족발을 시켜두기도 했고, 굳이 집을 두고서 다른 곳에 가기도 싫었다. 게다가 미리 이야기도 없이 대뜸 찾아온 것은 저들이다.

"대접해 줄 만한 건 없지만."

"맥주면 돼."

"마스터는 한국 맥주 안 마시니까, 신경 써주세요."

"그게 맥주야? 밍밍하기만 한 게 꼭 낙타 오줌 같던걸."

"낙타 오줌도 마셔봤어?"

"미친 소리 하지 마."

발렌시아가 끔찍하단 표정을 지으며 내뱉었다. 백현은 냉장고에서 맥주 몇 캔을 꺼내 가져다주었다.

사라는 의자에 다리를 꼬고 앉아 발렌시아를 물끄러미 바라보고 있었다.

'이건 좀 의외인데.'

발렌시아는 맥주 캔을 뜯으며 사라를 마주 보았다. 직접 본적은 없었다. 하지만.

[아이언메이드가 그녀에 대해 소곤거립니다.]

발렌시아는 사라에 대해 아는 것이 없었지만, 아이언메이드는 사라에 대해 알고 있었다.

발렌시아는 머릿속에 들리는 소곤거림을 들으면서 빙긋 웃었다.

"결혼한 줄은 몰랐는데."

"뭐, 뭐?"

"아니, 그냥 동거인가?"

발렌시아가 맥주를 홀짝거리며 중얼거렸다. 말뜻을 알아들은 사라의 얼굴이 확 붉어졌다. 백현은 사라의 옆이자, 발렌시아의 맞은편에 앉으며 고개를 흔들었다.

"보호자야."

"보호자?"

"어쩌다 보니 그렇게 됐어."

백현의 대답에 사라는 입술을 삐죽 내밀었다.

열흘 동안 한집에서 같이 지내면서, 사라는 백현이 자신을 전혀 이성으로 여기고 있지 않다는 것을 이해했다. 그건 사라로서는 굉장히 열받고 굴욕적인 일이었지만, 도원경에서 지낸 20년을 생각하면 이상한 일도 아니었다.

그 세계에서도 단둘이 있던 적은 꽤 많았다. 문제는 사라가 이성에게 이런 감정을 느껴본 적도 없고, 그것을 표현하는 적합한 방법 또한 알지 못한다는 것이었다.

그거 백현도 마찬가지였다. 도원경에서 백현이 관심을 갖고 열중했던 것은 오직 무공뿐이었고, 사라는 근처에 살면서 주기적으로 대련할 수 있는 상대. 가끔 알 수 없는 히스테리를 부리고, 울기도 자주 우는. 정도 꽤 든 그런 상대였지, 두근거림을 느낄 이성은 아니었다.

"비즈니스 이야기나 해봐."

"반응이 굉장히 건조한데. 막 신나거나 그러지 않아? 내가 온 이유는 너도 짐작하고 있을 것 아냐?"

"신나야 할 이유가 있나?"

"마스터, 그렇다는데요."

비서가 키득거렸다. 발렌시아는 조금 자존심이 상한 표정을 지었고, 가만히 듣고 있던 한성민은 가슴이 꽉 막히는 것만 같았다. 다른 누구도 아니고, 아이언메이드의 예비 사도가 직접 찾아온 것이다. 이 세상에 존재하는 헌터 중에서 발렌시아가 직접 만드는 아티펙트를 거절할 헌터가 어디에 있단 말인가?

"……잘 모르면 그럴 수도 있지."

발렌시아는 남은 맥주를 단숨에 들이켰다. 그녀는 빈 캔을 작게 찌그러뜨려 식탁 위에 올려놓았다.

"내가 누구인지 알아?"

"아이언메이드의 예비 사도잖아. 이름은 발렌시아…… 풀 네임이 뭐더라?"

"발렌시아 세베즈. 아이언메이드가 어떤 군주인지는 알아?"

"만난 적도 없는데 어떻게 알아? 그래도 이건 알아. 아이언 메이드와 계약한 헌터들이 아티펙트를 만들고 있다는 거."

"맞아. 헌터가 쓰는 장비들은 모두 우리가 만드는 거야. 현대 기술로 만들어진 무기나 갑옷을 어비스로 가지고 들어갈 수는 없으니까."

　어비스에 가지고 들어갈 수 있는 것은 당장 입고 있는 옷 정도다. 그마저도 가지고 들어갈 수 없다면, 튜토리얼이 끝나고 도착하는 판데모니엄에는 알몸의 남녀들이 가득했을 것이다.

　"널 찾아온 이유? 간단해. 너한테 내가 직접 만든 아티펙트를 선물해 주고 싶어서."

　"왜 하필 나야?"

　이미 짐작하고 있던 일이니 놀랄 것도 없었다. 백현은 무덤덤한 목소리로 물었고, 발렌시아는 그 미적지근한 반응이 마음에 들지 않았다.

　"너는 특별하니까."

　"그건 너무 많이 들은 말이야."

　"그럴 만도 하지. 넌 군주와 계약도 안 했잖아? 그런데 그만큼이나 강해."

　"그래서 별로 신나지 않는 거야. 난 무기가 없어도 몬스터를 잡을 수 있어. 방어구가 없어도 맨몸으로 버틸 수 있고, 어지 간해서는 맞지도 않아."

　그건 사실이었다. 여태까지 어비스에서 꽤 많이 싸웠는데, 백현이 공격을 피하지 못했던 적은 연리운이나 카르파고, 신격을 잃은 무령과 싸웠을 때뿐이었다. 최소 사도 급이 아니고서는 백현을 위협할 공격은 없었다.

"없어도 된다지만 꼭 없을 필요는 없지. 있으면 더 좋은 것 아니냐?"

옆에서 비서가 키득거렸다. 그녀는 오만한 마스터가 생각대로 되지 않는 일에 곤욕을 치르는 것이 즐거운 모양이었다. 반면에 한성민은 얼굴을 구기고서 시선을 내리깔았다. 아까워 죽을 것만 같았다.

사라는? 배가 고팠다. 족발이 언제 오는지 궁금했고, 불청객들이 둘만의 보금자리에서 빨리 꺼져주었으면 했다.

"당장 필요한 것도 없는데?"

백현은 그렇게 중얼거리면서 고개를 갸웃거렸다.

실제로 그랬다. 무기라도 쓰면 또 모르겠는데, 백현은 무기를 쓰지 않는다. 쓸 줄 모르는 건 아니었지만, 양팔 양다리가 멀쩡한데 무기가 필요한가? 방어구도 마찬가지다. 피하면 되고, 못 피하면 막으면 된다. 보법과 호신강기는 폼인가?

"이런 ×발."

발렌시아의 얼굴이 일그러졌다. 재촉하지 않고, 느긋하게. 그런 마음으로 찾아와 친절하게 시작한 비즈니스 마인드가 5분도 되지 않아 박살 났다.

"기껏 사람이 주고 싶어서 왔더니!"

"네가 주고 싶은 거냐, 아니면 네 군주가 주고 싶은 거냐?"

백현은 언성을 높이는 발렌시아를 쳐다보며 물었다. 그 말

5

에 발렌시아의 눈썹이 꿈틀거렸다. 그녀는 잠시 백현을 노려보다가, 고개를 돌려 한성민을 쳐다보았다.

"차에 가 있어."

"예?"

"가."

한성민은 두 눈을 끔벅거리다가 엉거주춤 몸을 일으켰다. 굳이 이유는 묻지 않았다. 지금부터 오갈 이야기는 자신이 들어서는 안 될 종류의 것임을 알아챌 눈치는 가지고 있었다.

"저 사람은?"

"얘는 괜찮아."

발렌시아는 목에 건 체인 목걸이를 손으로 잡으며 내뱉었다. 비서는 그 말을 들으며 방긋 웃었다.

[쟤 뭔가 이상해.]

백현의 곁에서 사라가 전음을 보냈다. 사도와 예비 사도에 대해서는 이미 들어두어서, 발렌시아에게서 느껴지는 심상찮은 힘은 이해했다. 하지만 옆에 있는 비서에게서 느껴지는 힘은 뭐란 말인가?

[나도 알아.]

백현 역시 비서의 위화감은 느끼고 있었다. 눈앞에 앉은 그녀는 틀림없는 인간의 모습이었으나, 도저히 인간으로 느껴지지 않았다. 그렇다고 철혈궁에서 보았던 인외나, 어비스의 몬스터 같은 느낌도 아니었다.

'시체 같아.'

멀쩡하게 웃고, 말하고 있었지만 백현은 비서에게서 이미 죽은 시체를 느꼈다.

"아이언메이드와는 상관없어."

발렌시아가 짜증스러운 표정을 지으며 내뱉었다.

"내 군주는 이런 일에 별 관심이 없거든. 너한테 아티펙트를 주고 싶은 건 내 사적인 감정이야."

"왜?"

"보고 싶으니까."

발렌시아가 두 눈을 찡그렸다.

"난, 내가 만든 아티펙트를 네가 어떻게 사용하는지 보고 싶거든. 너 말고 잘 다룰 만한 사람이 있지도 않을 테고."

"능력 있는 헌터는 많잖아."

"너보다?"

"아니, 그건 아니지."

백현은 피식 웃으며 대답했다. 얼핏 들으면 오만하기 짝이 없는 말이었으나, 발렌시아는 그 발언을 조금도 오만으로 받아들이지 않았다.

"거봐. 난 내가 만든 아티펙트에 자부심을 가지고 있어. 내가 만든 아티펙트는 그 어떤 아티펙트보다 뛰어나다고. 어비스의 유물? 하, 그 수상쩍은 물건을 좋다고 사용하는 헌터들이 머저리 병신이지!"

"수상쩍다고? 그건 또 무슨 말이야?"

"어비스의 기원도 모르는 네게 설명해 봤자……."

"알 건 다 아니까 설명해도 돼."

"알긴 뭘 안다는 거야?"

"혼돈의 근원. 심연의 성좌. 10년 전에는 군주가 20명이었다지? 그중 7명이 타락해서 혼돈에 삼켜졌고. 지금 남은 13 군주는 혼돈의 폭주와 타락이 두려워 외차원으로 피신했다가, 본래 세계로 돌아가지도 못하고 어비스에 발이 묶여 있지. 안 그래?"

백현의 말에 발렌시아의 입이 쩍 벌어졌다. 그녀는 잠시 백현을 쳐다보다가, 믿을 수 없다는 투로 중얼거렸다.

"네가 그걸 어떻게 알아?"

"알 수도 있지."

어비스의 군주와 사도들만 알고 있을 사건들이 왜 저 인간의 입에서 나온단 말인가?

"……혼돈이 가득 찬 세계에서 발견되는 유물들이다. 그중 몇몇 유물은, 10년 전부터 있던 군주들 간의 다툼에서 사용되었던 것도 있기는 해."

신물이라고 할 만한 것은 아니다. 군주의 권속들이 사용하던 물건들. 쓰던 권속이 전투에서 사망하고, 그대로 버려져 있다가 인간에 의해 다시 발견되어 '유물'로 불리는 것들이다.

"하지만 모든 유물이 그런 것은 아니지. 그중에는 처음부터 어비스에 존재했던 것도 있어. 알지도 못하는 새끼들은 좋다고 사용하겠지만 말이야."

수상쩍다고 기피할 만도 했다. 대체 누가 만든 것인지도 모르고, 왜 어비스에 있는 것인지도 모를 물건들이다.

"어비스는 혼돈이 가득 찬 세계야. 거기서 짧게는 10년, 어쩌면 그보다 훨씬 긴 시간 동안 묵은 것들이 유물이라고. 그 미심쩍고 오래 묵은 물건과 내가 만드는 아티펙트. 비교할 가치가 있나?"

그 말은 자부심과 자기애가 가득 차 있었다.

"무슨 말인지 알겠어? 난 말이야, 네가 느끼고 있는 부족함을 보충해 줄 만한 아티펙트를……."

"옷도 만들어줄 수 있어?"

백현은 잠시 고민하다가 입을 열었다. 그 말에 발렌시아가 두 눈을 빛냈다.

"뭐든지 만들 수 있지. 굳이 무기나 갑옷이 아니어도 상관없……."

"속옷도?"

발렌시아의 말문이 막혔다.

백현은 옷 안에 입고 있는 사린 흑의를 의식했다. 갈아입을 필요가 없다. 세탁할 필요도 없다. 찢어져도 복구된다. 통풍도 잘 된다. 아무리 오래 입어도 냄새가 안 난다.

"갈아입을 필요 없는 속옷."

"이……."

백현의 말에 발렌시아의 얼굴이 일그러졌다.

"풉……! 푸홋!"

발렌시아가 경련하듯 눈썹을 꿈틀거리며 속에서 끓어오른 욕설을 차마 내뱉지 못하고 있을 때. 그녀의 곁에서 비서는 양손으로 입을 틀어막고 웃음을 참느라 곤욕을 치렀다. 사라조차 어처구니가 없다는 눈으로 백현을 쳐다보고 있었다.

"이……. 이…… 미친 새끼……."

마음 같아서는 그보다 더한 욕을 하고 싶었지만, 발렌시아는 간신히 그 정도 욕을 뱉는 것으로 그쳤다. 백현은 자신에게 향하는 시선에 억울함을 느꼈다.

"뭐가 이상하다는 거야?"

사린 혹의를 입어봤으니 아는 것이다. 갈아입지 않아도 되고, 빨지 않아도 되는 옷이 얼마나 편한지. 위에 입는 옷도 이만큼이나 편한데, 특히 민감하고 신경 써야 할 속옷도 이럴 수 있다면 얼마나 좋을까? 무기나 방어구에 별 욕심이 없는 백현으로서는 이런 종류의 아티펙트가 가장 욕심이 났다.

"씻어!"

발렌시아가 고함을 질렀다.

"그냥 씻고 갈아입으면 되잖아! 뭐 하러 속옷을……! 내가 아티펙트를 만들어준다고 하면 전 세계의 헌터들이 줄을 설 텐데……!"

"그런데 넌 나한테 아티펙트를 주고 싶어서 직접 여기까지 온 거잖아."

"그건 그렇죠."

비서가 웃으며 말을 받았다.

"마스터, 속옷도 아티펙트잖아요. 클라이언트의 요구는 들어줘야죠."

"나보고 속옷을 만들라고……?"

"뭐가 문제예요? 그냥 속옷을 만들 것도 아닌데. 뭐 이거저거 추가해 줘요."

"그래, 뭘 추가해 줄까? 바지 입었을 때 좀 커 보이게 해줘? 아니면 정력 증진?"

발렌시아는 부글거리는 속을 삭이며 내뱉었다. 사라는 자신도 모르게 백현의 다리 사이를 힐긋거렸고, 백현은 뚱한 표정을 지으며 팔짱을 꼈다.

"그런 건 필요 없어."

"어이구, 무슨 자신감이시래?"

"나 정도면 넘쳐도 돼."

5

허세는 아니었다. 올- 비서가 입술을 모았고, 발렌시아는 픽 하고 비웃었다.

"그러시다니 뭐. 속옷, 속옷…… 그래, 속옷. 진짜로…… 속옷?"

"말고 또 뭘 만들어줄 수 있는데?"

"그거 잘 물어봤다."

예의상 물어본 질문이었는데, 발렌시아는 득달같이 물고 늘어졌다. 그녀는 의자에 걸친 코트 주머니에 손을 찔러 넣었다. 거기서 꺼낸 것은 큼직한 리볼버였다.

"한국에서 총기 소지는 불법이야."

"맨손으로 사람 머리를 터뜨리고 다니는 헌터들이 멀쩡히 길을 돌아다니는 세상이야."

"나 이거 영화에서 봤어. 6발밖에 못 쏘는 총이잖아."

"이건 아니에요. 굳이 리볼버 형태로 만든 것은, 그냥 마스터의 취향일 뿐이거든요."

"멋지잖아."

백현은 리볼버를 빤히 보았다. 검은색으로 반들거리는 표면에는 뭔 뜻인지 알 수 없는 무늬와 문자가 새겨져 있었고, 내부에는 '기'와 비슷하면서도 다른 느낌의 무언가가 꿈틀거리고 있었다. 그 양과 밀도에서 어마어마한 차이가 나기는 했지만, 비서의 안에도 저와 비슷한 것이 들어 있었다.

"이걸 쏴볼 수도 없고."

"쏴봐."

"미쳤어?"

"괜찮으니까 쏴봐. 위력은 확인해 봐야지."

발렌시아는 백현을 노려보며 리볼러의 총구를 겨누었다.

백현은 정신을 집중하고 감각의 날을 세웠다. 그는 커다란 총성을 기대했지만, 총성은 없었다. 마력의 탄환은 소리 없이 쏘아졌다. 백현은 즉시 손을 펼쳐 앞으로 들었다.

드드득!

그가 앉아 있던 의자가 바닥을 긁으며 뒤로 밀려났다.

'이 거리에서 막아?'

그것도 손까지 들어서! 발렌시아는 백현의 반응 속도에 경악했다.

제법 놀란 것은 백현도 마찬가지였다. 속도도, 위력도. 그냥 아티펙트에서 쏘아진 탄환이라 하기에는 과해도 너무 과했다.

"……위력은 이게 기본이야."

"기본이라고?"

"쓰는 사람의 역량에 따라 위력은 당연히 바뀌지. 탄환의 종류도 바꿀 수 있어."

그렇게 말하니 없던 흥미가 솟구쳤다.

"마스터, 갖고 싶어졌나 봐요."

비서가 소곤거렸다.

백현의 표정이 변한 것을 보고서 발렌시아도 의욕이 넘치는 것을 느꼈다. 방문 외판원이라도 된 것 같았지만, 여기까지 온 이상 자존심은 되려 걸림돌이 될 뿐이었다.

발렌시아는 의자에 걸어둔 코트를 보란 듯이 들어 입었다.

"이 코트도!"

"그건?"

"헌터가 사용하는 인벤토리 기능을 그대로 주머니에 넣었지. 하지만 그래서야 뭔 의미가 있겠어? 인벤토리에는 어비스의 물건밖에 안 들어가는데!"

"그렇지."

"하지만 이 코트는 아니야! 오직 나만이 만들 수 있는 이 코트의 주머니는 어비스와 현실의 물건을 가리지 않고 모든 것을 넣을 수 있지!"

"오."

백현은 짧은 탄성을 터뜨렸고, 발렌시아는 보란 듯이 식탁 위에 있던 수저통을 들어 그 안에 가득 찬 식기를 주머니에 쏟아부었다. 그 많은 수저와 젓가락이 들어갔는데도 코트 주머니는 전혀 부풀어 오르지 않았다.

"오오."

백현은 입을 벌리고 박수를 쳤다. 리볼버를 보고 동했던 마음이 코트를 보고서 완전히 기울어졌다. 저런 코트라면 군이 어비스 말고 현실에서도 유용하게 쓸 수 있지 않은가.

"이 코트는 어비스 안에도 입고 갈 수 있어요."

"주머니 속의 물건은?"

"당연히 가지고 갈 수 있죠."

"핸드폰도?"

"가져갈 수 있기는 한데, 가져가서 뭐해? 어비스에는 전파도 안 터져."

그렇다고는 해도 욕심나는 코트였다. 백현이 초롱초롱 눈을 빛내자, 비서가 발렌시아에게 소곤거렸다.

"다 넘어왔어요."

확실히 넘어오게 하기 위해서는 큰 한 방이 필요했다.

"일어서 봐."

발렌시아가 손을 까닥거렸다. 백현은 고개를 갸웃거리면서도 일단 시키는 대로 자리에서 일어섰다.

족발이 언제 오나 현관을 힐긋거리던 사라도 고개를 돌렸다. 발렌시아는 코트 자락을 여미더니, 자신의 가슴을 주먹으로 퉁 쳤다.

"한 대 쳐봐."

"널?"

"그럼 나 말고 누굴 치라 하겠어?"

"진짜로?"

"빨리 쳐!"

그렇게까지 말하니, 백현은 주먹을 쥐었다. 얼마나 힘을 주어야 할지 몰라서 적당히 주먹을 던졌다.

쩌엉!

가슴을 노리고 뻗은 주먹이 보이지 않는 장벽에 가로막혔다.

"와."

사라가 박수를 쳤고, 발렌시아가 으스대는 표정을 지었다.

"한 번 더."

발렌시아가 손가락을 까딱거렸다.

최근 들어서 쥐 죽은 듯 얌전히 있던 승부욕이란 녀석이 고개를 빼꼼 들었다. 백현은 다시 주먹을 쥐었다.

"마스······."

비서가 경고하기도 전이었다.

빠직!

백현의 주먹이 코트의 결계를 박살 내고, 발렌시아의 배에 처박혔다. 직전에 위력을 죽이긴 했지만, 전혀 예상치 못한 순간에 발렌시아의 명치에 주먹이 꽂혔다.

"우웩!"

거실 바닥에 김치전이 부쳐졌다.

"미안해."

백현은 고개 숙여 사과했다. 비서는 물걸레를 들고 거실 바닥을 싹싹 문지르고 있었고, 발렌시아는 창백하게 질린 얼굴로 소파에 널브러져 있었다.

TV 영화 채널에서는 당연히 영화가 나오고 있었고, 사라는 그걸 보며 족발과 쟁반국수를 즐겼다.

"아니, 이러려고 그런 게 아니라. 네가 때리라고 해서……."

"닥쳐……."

발렌시아는 아직도 속이 뒤집어지는 것만 같은 기분을 느끼고 있었다.

그마저도 꽤 나아진 것이었다. 처음 명치에 주먹이 꽂혔을 때는, 정말 내장이 가닥가닥 끊어지는 줄만 알았다. 그녀가 예비 사도였기에 망정이지, 평범한 헌터였다면 내장이 정말 끊어졌을 것이고 그냥 인간이었다면 즉사했을 것이다.

"정도껏 했어야죠."

"처음에 멀쩡하길래."

"아무리 그렇다고 사람을 죽일 듯 때려?"

"죽이려고 때린 건 아니야."

"재수 없었으면 죽었을 거야!"

참다못한 발렌시아가 벌떡 일어서서 그렇게 쏘아붙였다. 그러다가 비닐장갑을 낀 손으로 족발 다리를 잡고 뜯어먹는 사라를 보며 얼굴을 일그러뜨렸다.

"맛있냐?"

"응."

비위도 좋네. 발렌시아는 아픈 배를 어루만지며 중얼거렸다. 한국의 학센이라길래 한번 먹어볼까 싶었는데, 지금 기분으로는 도저히 먹을 수가 없었다.

"……그래서. 아티펙트는?"

"일단 속옷이랑."

"그놈의 속옷은 진짜……!"

"코트도 마음에 들었어."

방어 기능보다는 물건을 마음껏 넣을 수 있다는 주머니가 탐이 났다.

"코트 형태면 돼?"

"나풀거리는 건 싫은데. 바지로는 안 돼?"

"안 될 건 없는데, 그럼 방어 마법은?"

"그거 필요 없어."

"……무기는?"

백현은 양손을 들어 보였다. 발렌시아의 뺨이 파들거리며 떨렸다. 그녀는 자신이 만든 최고의 무기를, 최고의 실력을 갖춘 인간이 어떻게 사용하는지 보고 싶다는 열망으로 이곳까지 온 것이다. 고작 팬티와 바지를 선물하기 위해 이곳까지 온 것은 아니었다.

"……안 돼. 무기 하나 골라."

"양손이 더 편한데."

"있어서 나쁠 것은 없잖아!"

"마스터가 토하는 것을 본 사람은 당신이 처음이에요. 그 정도 굴욕을 주었으면 미안해서라도 무기 정도는 받아주시죠?"

비서가 살살 꼬시듯이 말했다. 백현은 잠깐 고민하다가 머리를 끄덕거렸다.

"그렇게까지 말한다면야. 무기가 있어서 나쁠 것은 없으니까."

"고맙습니다."

"왜 주는 쪽이 고마워해야 하는 거야……?"

발렌시아는 굴욕감에 어깨를 바르르 떨며 중얼거렸다.

"선호하는 무기는?"

"맨손 말고?"

"당연하지."

"날붙이는 어지간해서는 다 쓸 수 있어."

"애매하게 말하지 말고, 확실하게 말해봐."

답답한 표정을 지으며 재촉하는 말에, 백현은 곰곰이 생각에 잠겼다. 없어도 되기는 하지만, 있어서 나쁠 것은 없는 무기가 뭐가 있을까.

없다. 그의 육체는 그 자체만으로 무기가 할 수 있는 모든 것을 할 수 있었다. 손으로 검강을 일으키면 칼날보다 예리하고, 강기구는 총탄보다 빠르고 폭탄보다 강력하다. 둔기도 주먹으로 때리고 발로 찍으면 된다.

'보조 수단.'

백현에게 필요한 것은 그 자체로 전투에 사용할 만한 무기가 아닌, 보다 '잘' 싸울 수 있게 해줄 무기였다. 그렇게 생각하니 슬슬 감이 잡혔다.

백현은 여태까지 자신이 했던 싸움들을 떠올렸다.

그 즐거운 기억들. 싸우고, 싸우고. 상대가 나를 죽이려 하고, 내가 상대를 죽이려 할 때의 순간들. 싸우다가 '짜증'을 느낄 때? 아니면 귀찮을 때? 패배 직전은 아니다. 제삼자의 난입도 아니다. 그건……

'더 때리고 싶은데 때리지 못할 때.'

상대가 나보다 빠를 때. 때렸는데 상대가 그 자리에서 버티지 못하고 뒤로 날아갈 때. 주저앉거나 쓰러질 때. 때리는 것을 도중에 멈추고서 상대를 추격해야 할 때.

굳이 필요한 '무기'가 있다면, 그럴 때 쓸 수 있는 무기였다. 하지만 그렇게 쓸 만한 무기가 어디에 있단 말인가?

"쟤는 왜 하필 쫄쫄이를 입고 다니는 거야?"

왼손에 족발 다리를 들고서 쟁반국수를 흡입하던 사라가

투덜거렸다. 그 말에 백현은 고개를 돌렸다.

열흘 전만 해도 시도 때도 없이 얼굴을 붉히던 사라 프로스트는, 어느새 다리를 꼬고 앉아 꿀꿀거리며 소주잔을 채우는 김사라가 되어 있었다.

"뭐?"

"쟤 말이야. 왜 쫄쫄이냐고."

"원래 슈퍼히어로는 쫄쫄이를 입어요."

"아이언맨은 쫄쫄이 안 입잖아."

"그는 슈퍼히어로가 아니라 그냥 히어로이기 때문이죠. 보세요, 슈퍼히어로인 캡틴아메리카는 쫄쫄이잖아요?"

"지금 뭔 개소리를 하는 거야? 왜 아이언맨이 그냥 히어로고 캡틴아메리카가 슈퍼히어로야? 당연히 반대 아니야?"

사라가 눈에 쌍심지를 켜고서 반박했다. 둘 사이에서 시빌워가 일어나려 했지만, 백현은 둘 중 누가 슈퍼히어로에 어울리는지는 조금도 관심이 없었다. 그저 쫄쫄이가 왜 튀어나왔는지 그게 궁금해 TV를 보았다.

"아."

TV에서는 스파이더맨이 나오고 있었다. 백현은 손목에서 거미줄을 쏘아대는 스파이더맨을 잠시 넋을 잃고 보았다.

"저거."

백현은 손을 들어 TV를 가리켰다.

"저거면 돼."

"……쫄쫄이는 지금도 입고 있잖아."

발렌시아가 떨떠름한 표정을 지으며 말했다.

"아니면 뭐, 저런 슈트라도 만들어 달라는 거야? 머릿속에 AI 목소리가 울리고, 그런 거? 하늘도 날고?"

"아니, 하늘은 슈트 안 입어도 날 수 있어."

"그러면?"

"손목에서 거미줄을 쏘게 해줘."

"……잠깐."

발렌시아는 지끈거리는 머리를 손으로 짚으며 한숨을 내쉬었다.

"제발, 내가 이해하기 쉽게 좀 말해주면 안 될까."

백현은 머릿속으로 그렸던 '무기'의 형태에 대해, 스파이더맨의 웹 슈터를 차용해 설명해 주었다.

처음에는 개소리라 치부하던 발렌시아였지만, 백현의 이야기를 들을수록 표정이 진지해졌다. 쓸데없는 논쟁을 벌이던 사리와 비서도 두 귀를 열고서 백현의 말을 들었다.

"그래!"

이야기가 끝났을 때, 발렌시아가 주먹을 쥐며 외쳤다.

"그렇게 말해주면 얼마나 좋아? 알겠어, 만들어줄게!"

지금의 발렌시아는 한국에 입국한 이후로 가장 환한 표정을 짓고 있었다. 그녀는 백현의 이야기를 모조리 기억하고서 아티펙트의 형태를 구상했고, 백현이 그것을 어떻게 사용하는 지에 대해 상상의 나래를 펼쳤다.

발렌시아는 손이 근질거리는 것을 느끼며 벌떡 몸을 일으 켰다.

"일단 시험작을 만들어보고, 완성되면 연락해 줄게."

연락처를 교환한 뒤에, 발렌시아는 환한 미소를 지었다. 사 라에게도 아티펙트를 만들어주고 싶다는 욕심이 있기는 했지 만, 우선 백현의 일부터 끝낼 생각이었다.

"속옷이랑 바지도."

"알았어."

"기왕이면 무기 말고 속옷부터 만들어줘."

"알았다니까!"

발렌시아와 비서가 집을 떠나자 거실은 텅 비었다. 사라는 아직까지 족발 다리를 뜯으며 소주를 부었다.

"난 아이언맨이 더 좋아."

"그래."

"너는?"

"타노스."

"나쁜 놈이잖아."

"우주의 균형을 위해서 어쩔 수 없었던 것뿐이야."

백현은 그렇게 말하면서 사라의 맞은편에 앉았다.

"누군가는 해야 할 일이었지."

백현은 영감을 준 스파이더맨에게 감사를 보내며 TV 채널을 돌렸다. 뒤에서 사라가 비명을 질렀지만, 여긴 백현의 집이었으니 채널권 역시 백현에게 있었다.

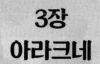

3장
아라크네

발렌시아가 묵고 있는 펜트하우스. 고작 하루 숙박하는 것에도 몇백만 원이 들고, 드라마 촬영 장소로도 곧잘 쓰이는 곳이다.

펜트하우스는커녕 호텔, 심지어 동네 모텔도 가본 적이 없는 백현은 자기 집만큼이나 넓은 거실을 휘휘 둘러보았다.

"그 여자는 안 데리고 왔나 봐?"

"오늘은 어비스에 들어갔거든. 너야말로, 비서는?"

"한국까지 왔으니까. 관광을 하고 싶다고 나갔어."

발렌시아는 널널한 민소매 차림이었는데, 잔근육이 붙은 양팔에는 알록달록한 문신이 스티커처럼 빼곡히 붙어 있었다.

아직 그녀의 목에는 통역 아티펙트인 체인 목걸이가 걸려 있어서, 대화를 나누는 것에는 문제가 없었다.

"아티펙트는 여기서 만든 거야?"

화려한 거실은 공방과는 아득한 거리를 가지고 있었다.

애당초 백현은 아티펙트라는 것이 어떻게 만들어지는 것인지 전혀 모르고 있었다. 그냥 뻔하디뻔한 상상. 불을 지피고, 철을 녹이고, 망치로 두드리고. 그런 식으로 만드는 걸까. 이 비싼 펜트하우스의 거실에서? 발렌시아는 백현의 얼굴을 보며 피식 웃었다.

"아이언메이드에 대해 하나도 모르는군."

"알 리가 없지."

계약한 헌터들이 아티펙트를 만든다는 것은 알지만, 그 외에 아는 것은 없었다.

발렌시아는 커다란 소파에 털썩 앉았다. 발렌시아는 보란 듯이 손을 들어 올렸다.

"아이언메이드와 계약한 헌터는, 스스로를 '장인'이라고 부르지만 사실 연금술사에 가까워. 연금술이라고 하는 것도 틀리긴 하지만 말이지. 우리가 만드는 것은 금이 아니거든."

파츠츠······.

발렌시아의 손바닥 위에서 은색으로 반짝거리는 빛 무리가 모였다. 발렌시아가 손가락을 천천히 움직이자 빛이 서로 달라붙어 금속의 결정이 되었다.

"아이언메이드는 이걸 '창조 마법'이라고 했지만, 그렇게 거창한 건 아니야."

"군주가 듣고 있을 텐데."

"아이언메이드 본인이 그렇게 말했는데? 절대신의 창조력을 모방하고 싶었지만, 생명을 창조하는 영역에는 결국 도달하지 못해 마법의 영역에 그쳤다고. 그래서 창조 마법인 거야."

발렌시아의 손 위에서 꿈틀거리던 금속의 결정이 길쭉하게 늘어지더니 한 자루의 단검이 되었다. 발렌시아는 그렇게 만든 단검을 손 위에서 빙글 돌렸다.

"가질래?"

"필요 없어."

발렌시아는 금속의 결정을 아주 간단하게 만들어냈지만, 어지간한 장인은 주먹만 한 결정 하나를 만드는 것에 진땀을 뺐다. 그렇게 만든 결정을 원하는 형태로 변형하고, 마법을 불어넣는 것에서 장인의 수준이 갈린다.

"……잠깐."

단검이 다시 금속의 결정으로 바뀌고, 사라지는 것을 보던 백현의 표정이 멈칫 굳었다.

"설마 속옷도 그렇게 만들어진 거야?"

백현은 강철 팬티와 강철 바지를 떠올렸다. 사실 무게야 별 상관이 없기는 했지만, 아무래도 민감한 부위에 닿는 것이니

착용감이 중요하지 않은가? 백현의 질문 의도를 깨달은 발렌시아가 헛웃음을 떠올렸다.

"모든 아티펙트를 금속으로 만드는 건 아니야. 몬스터의 소재나 식물, 광석 따위로 만드는 것도 있고. 창조 마법은 금속만 만들 수 있는 게 아니라고."

발렌시아는 그렇게 말하면서 몸을 일으켰다.

"따라와."

발렌시아는 펜트하우스의 많은 방 중 하나를 공방으로 사용하고 있었다. 말이 공방이지, 넓은 방에는 커다란 테이블과 푹신한 의자밖에 없었다.

백현은 테이블 위에 있는 것들을 보며 눈을 빛냈다.

"속옷."

큼직한 삼각팬티가 테이블 위에 놓여 있었다. 아무리 보아도 백현이 입기에는 너무 컸다.

"입으면 사이즈는 알아서 조절돼. 네 요구대로, 갈아입을 필요는 없어. 입고서 똥을 싸고 오줌을 싸도 된단 말이야."

"안 싸."

"예를 드는 거야. 그렇지만, 만약 입고 똥을 싸고 오줌을 싼다면…… 한 번 터는 편이 낫겠지? 방수는 완벽하고 냄새도 안 배겠지만, 그래도 좀 그렇잖아."

"안 싼다고."

"매일 똑같은 속옷만 입으면 사람들이 널 뭐라고 생각하겠어? 그래서 눈치껏 추가 기능을 넣었어. 한 번 입어봐."

"……입어보라고?"

"바지 위에 입으면 되잖아."

백현은 떨떠름한 표정을 지으며 바지 위에 속옷을 입었다. 널널한 허리 밴딩이 짝 달라붙더니, 속옷 전체가 사이즈에 맞게 줄어들었다.

그러는 동안 잠시 방을 나가 있던 발렌시아가 다시 방으로 돌아왔다. 그녀의 손에는 전혀 다른 디자인의 사각팬티가 들려 있었다.

"가져다 대봐."

백현은 시키는 대로 사각팬티를 가져다 댔다. 그러자 입은 속옷이 손에 든 사각팬티와 똑같이 바뀌었다. 백현은 입을 쩍 벌리고서 감탄했다.

"이건 바지."

바지는 백현이 요구한 대로 디자인보다는 편의성에 치중되어 있었다. 백현은 다른 것보다 큼직한 주머니가 마음에 들었다. 시험 삼아 손을 집어넣어 보았다. 분명 주머니 속에 손을 집어넣었는데도, 손은 주머니가 아닌 전혀 다른 곳에 들어가 있는 것만 같았다.

"얼마나 집어넣을 수 있어?"

"……이 방 하나 정도?"

그 정도면 과할 정도였다. 발렌시아는 백현이 만족스러운 표정을 짓는 것을 보며 낮게 헛기침을 내뱉었다. 지금부터가 진짜였다.

"무기는 이거야."

테이블 위에 무성의할 정도로 대충 올려놓았던 속옷과 바지와는 다르게, '무기'는 고급스러운 상자 안에 봉인되어 있었다.

상자를 열었다. 그 안에는 한쌍의 팔찌가 들어 있었다. 광택 없는 묵색 팔찌의 표면에는 금색의 문양이 복잡하게 새겨져 있었다.

"아라크네."

발렌시아가 팔찌를 들어 올리며 말했다.

"누군지 알아?"

"그리스 신화에서 들어본 것 같은데."

"맞아. 베틀을 능숙히 다루고 오만한 여자. 하지만 실력은 진짜였어. 아테나 여신과 겨룬 승부에서도 우세를 점했을 정도니까. 하지만 결국에는 인간이라서 말이야. 신에게 대든 인간의 말로가 아름다울 리가 있겠어? 결국에는 저주를 받아서 최초의 거미가 되었다지."

"지랄 맞은 신들이군."

백현의 중얼거림에 발렌시아가 낄낄 웃으면서 고개를 끄덕거렸다.

"그래도 대단하지 않아? 결국, 인간인데 순수한 기술만으로 신에게 승리한 거잖아. 그 정도 재주를 가졌다면 오만할 만하지."

백현은 발렌시아에게서 아라크네를 건네받았다. 인간이면서 순수한 기술만으로 신에게 승리했다는 발렌시아의 말이 제법 마음에 들었다. 백현을 잠시 아라크네를 내려 보다가, 발렌시아를 올려보았다.

"굳이 이 이름을 붙인 이유는 뭐야?"

"네가 이 무기의 영감을 받은 것이 스파이더맨이기도 하고, 넌 '신'이라 불리는 군주와 계약하지 않은 존재잖아. 그리고 아이언메이드가 그 이름을 마음에 들어 했어."

"아이언메이드는 신이잖아."

"아이언메이드는 신이 아니야."

발렌시아는 헛웃음을 흘리며 말했다.

"아까도 말했잖아? 아이언메이드는 절대신의 창조력을 모방하고 싶었지만 실패했다고. 똑같아. 아이언메이드는 신이 되고 싶었던 마법사일 뿐이지, 신은 아니야."

그건 꽤 흥미로운 말이었다. 여태까지 백현이 만난 군주들, 혹은 사도들은. 아이언메이드처럼 자신이 신이 아니라 대놓고 부정한 적은 없었다.

"아이언메이드가 어비스에 온 이유는 다른 군주와 크게 다를 것 없어. 혼돈의 근원을 손에 넣어, 창조 마법을 완성하고 싶었기 때문이지. 무슨 말인지 알겠어? 아이언메이드도, 나도. 아라크네를 추구하고 있는 거야. 저주받아 돼지고 싶지는 않지만."

발렌시아는 그렇게 말하며 테이블 위에 걸터앉았다.

"이런 말을 하는 나도 결국 아이언메이드에게 권능을 받아 사용하고 있을 뿐이지만, 내가 예비 사도가 될 수 있었던 건 그 누구보다 아이언메이드의 권능을 '잘' 썼기 때문이지. 네가 그 이름을 마음에 들어 할지는 모르겠지만, 아이언메이드가 직접 붙인 이름이니까……."

"마음에 들어."

백현은 그렇게 대답하며 팔찌를 손목에 채웠다.

끼리릭.

조금 컸던 팔찌가 백현의 손목을 단단히 죄었다. 답답함은 없었다. 백현은 양손을 가볍게 돌리면서 손바닥을 쥐었다 폈다.

"나도 저주받아 돼질 생각은 없어. 거미가 될 생각도."

문득, 예전에 죽였던 귀면주의 여왕이 떠올랐다. 만약 그때 귀면주의 여왕과 만나지 않았다면 어떻게 되었을까. 그녀가 더 오랜 시간 독단을 품었다면? 그 독을 더 강력하고 지독하게 만드는 것에 성공했다면. 귀면주의 여왕의 독은 재생의 뱀이 다루는 독을 뛰어넘었을까?

'아니.'

그건 불가능하다. 백현은 정수아의 몸에 강림한 재생의 뱀과 대면해 본 적이 있었다. 그때 재생의 뱀은 단 한 번도 백현에게 적의를 품은 적이 없었지만. 그 거대한 존재감은 귀면주의 여왕이 수백, 수천 년 수행한다 하여 좁힐 만한 것이 아니었다.

'그럼 나는?'

무령은 신이 아니었다. 놈이 신격을 잃지 않은 상태였다고 한들, 백현은 전대 무령을 신이라 생각할 수 없었다.

"이건 어떻게 쓰는 거야?"

"그런 종류의 아티팩트는 일단 마력을 이해하고 있어야 해. 마력을 불어넣어 봐."

'내공으로도 되겠지.'

백현은 아라크네에 내공을 불어넣었다. 그러자 키잉 하고 표면에 새겨진 문양이 은은한 빛을 발했다.

"벽으로 쏴봐."

"쏴보라고?"

"하나 줘봐."

발렌시아는 오른손에 아라크네를 차고서 벽으로 손을 뻗었다.

쐐액!

팔찌에서 쏘아진 은사(銀絲)가 벽을 꿰뚫었다.

"이렇게."

발렌시아는 몇 번 더 시범을 보여주었다. 아라크네의 은사는 무조건 꿰뚫기만 하는 것은 아니었다. 은사의 개수, 예리함, 강도, 길이는 백현이 조절이 가능했다.

백현은 한동안 은사를 쏘아보며 적응해 갔다. 시험작이라고는 했지만, 솔직히 백현은 이 이상의 성능을 가진 아티팩트를 상상할 수 없었다.

"네가 만족하지 못한다면 보완해야지."

"충분해."

실전을 통해 사용해 봐야 제대로 감이 잡히겠지만. 백현은 아라크네의 성능에 만족했다. 사소한 문제는 이걸 써볼 만한 상대가 없다는 것이었다. 단순히 써보는 것이라면 어비스의 몬스터를 상대하면 되는 일이지만, 그래서야 소 잡는 칼을 닭, 아니, 개미 잡는 것에 쓰는 격 아닌가.

'그렇다고 사라한테 써볼 수도 없고.'

문제점이 있으면 연락해 달라는 말을 듣고, 펜트하우스를 나와 엘리베이터를 탔다. 아무래도 발렌시아는 당분간 한국에서 지낼 모양이었다.

로비 옆에 딸린 카페에 사람들이 모여 웅성거리고 있었다. 백현은 그쪽을 한 번 힐긋 본 뒤에, 별생각 없이 지나쳤다.

"그래서. 서민식은 어떻게 된 건데?"

유별나게 큰 목소리는 아니었다. 모인 사람들은 많았고, 다들 입을 나불거리며 제각각의 말을 떠들고 있었다.

백현은 그들이 하는 말을 전부 들을 수 있었다. 무공을 익혀 너무 발달된 감각은 자그마한 소음도 놓치지 않게 만들어 주었다. 그럴 때마다, 백현은 도원경이 그리웠다. 그 적막한 세계. 잡스러운 소리는 거의 들리지 않는 그 세계에 비하자면, 그가 태어나고 자란 이곳은 너무 시끄러웠다.

하지만 지금 소리는, 언제나처럼 흘러들을 만한 것이 아니었다.

"안 죽은 거지?"

"갑자기 뭔 일이래?"

활짝 열린 귀가 모든 소리를 들었다. 백현은 어느새 뒤섞인 사람들 한가운데에 서 있었다.

"으악!"

갑자기 나타난 백현을 보고서 사람들이 놀란 소리를 질렀다. 백현은 우두커니 서서 천장에 매달린 TV를 보았다.

굳은 표정의 앵커가 뉴스 속보를 떠들고 있었다.

"이럴 때도 있는 거야."

서민식은 대수롭지 않은 표정을 지으며 말했다.

"어떻게 사람이 매일 승승장구만 하냐? 야, 헌터들 평균 사망률이 얼마인지는 알아?"

병실의 풍경이 익숙했다. 4개월 전, 백현이 도원경에서 돌아와 눈을 뜬 병원. 그 병원에서 가장 비싼 1인실. 서민식은 그곳의 널찍한 침대 위에서 환자복을 입고 있었다.

"태어나는 것에는 순서가 있어도 뒈지는 건 순서가 없는 법이야. 일반인도 그런데 헌터는 오죽하겠냐? 어비스, 그 ×같은 세계 들락거리면서 몬스터 처잡는 직업이 바로 헌터야 임마. 현존하는 직업 중에서 사망률이 가장 높다고."

꽤 오랜만이었다. 서민식은 최근 몇 주 동안 아예 어비스에서 살다시피 하고 있었다. 그런데, 다시 만나게 된 장소가 설마 병원일 것이라고는 생각하지도 못했다.

"야."

"너까지 그러면 나 진짜 돌아버린다."

뭐라 말하려는 순간, 서민식이 손을 들어 백현을 가로막았다.

"돌긴 왜 돌아?"

"새끼야. 나한테 지랄하는 사람이 너 하나뿐인 줄 알아?"

서민식은 그렇게 투덜거리면서 침대에 털썩 누웠다. 그는 손가락으로 자신의 관자놀이를 톡톡 두드렸다.

"이건 사람이라고도 할 수 없겠지만 말이야."

4장
바닥

템페스트.

머릿속에서 떠들어대는 군주의 존재가 고약하게 느껴졌다. 육성(肉聲)이 아니라는 것이 더 짜증스럽다. 놈인지 년인지도 모르겠지만, 템페스트는 쉬지 않고 서민식에게 자신의 반응을 전해오고 있었다.

[템페스트가 당신을 걱정스레 바라봅니다]

[템페스트가 불안을 느끼며 안절부절못합니다.]

[템페스트가 아랫입술을 잘근잘근 씹습니다.]

원래는 이런 자질구레한 반응까지 전달되지는 않았다. 헌터의 머릿속에 들리는 목소리는 군주가 헌터를 '직접' 보고 있을 때만 들린다. 즉, 군주가 직접적으로 관심을 보이고 있다는 증거인 것이다.

때문에 대부분의 헌터들은 저 '목소리'를 듣기를 열망한다. 군주가 자신을 보고 있을 때, 군주의 환심을 끌 만한 행동을 하면 그만한 보상이 내려지기 때문이다.

하지만 서민식은 지긋지긋함을 느꼈다. 남들이야 군주의 목소리를 듣는 것을 열망한다지만, 서민식은 들어도 너무 많이 듣고 있었다.

"무슨 일이 있었던 거야?"

백현은 관자놀이를 꾹 누르는 서민식을 걱정스러운 눈으로 쳐다보며 물었다. 그가 어비스에서 겪은 일은 카페 TV에서 나온 뉴스 속보로 대충 보기는 했지만, 당사자에게 직접 듣고 싶었다.

"바닥이 무너졌지."

서민식이 얼굴을 구기며 내뱉었다.

어비스의 북쪽. 최근에 발견된 거주 구역 '호른'은 서민식을 포함해 백여 명의 헌터들이 거점으로 삼고 있었다. 그 거주 구역 호른의 바닥이 무너져 내렸다.

"이유는 몰라."

사실 이유를 생각하는 것 자체가 무의미한 일이었다. 어비스는 상식으로 이해할 수 없는 세계다. 애당초 5년 전 나타난 거대한 구멍과 그 구멍을 '보는 것'만으로 들어갈 수 있는 이세계. 픽션에서나 나올 법한 몬스터들이 배회하고, 인간이 군주란 존재와 계약해 몬스터를 사냥하는 그 세계에서 상식을 논하는 것은 무의미한 일이다.

"다 떨어졌지, 다. 운 좋게 호른에 없었던 놈들을 빼고 말이야."

"넌?"

"난 운이 없었지. 목숨은 건졌으니 결과적으로 운이 좋았지만."

담배 말리네. 서민식은 그렇게 투덜거리면서 괜스레 입가를 어루만졌다.

"그때 호른에 있었던 헌터가, 대충 팔십 명 정도 되었을 거야. 나 포함해서 말이야. 플래티넘 헌터 중에서는 호센도 있었고."

호센은 일본이 보유한 최고 레벨의 헌터이자, 사도를 제외하면 다섯 명밖에 없는 플래티넘 랭크의 헌터였다. 판데모니엄을 중심으로 해서 남쪽 미조사 지역은 옌 차오, 동쪽은 영국의 체브와 러시아의 블라디미르가 한창 탐색에 열을 올리고 있다.

그리고 북쪽은 본래 호센과 그의 길드가 성과를 올리고 있었으나, 최근 들어서 서민식이 개인으로 미치광이처럼 성과를 올린 덕에 때아닌 한일전 구도로 변해 있었다.

"야, 그건 오해야."

서민식이 눈썹을 찡그렸다.

"우리나라 사람들은 그게 문제야. 일본이라 하면 무조건,

어? 좀 나쁜 인식이 있잖아. 물론 나도 월드컵에서 한일전 한다 하면 평소보다 한국을 열심히 응원하지만, 그거랑 이거는 별개지. 호센 그 아저씨는 나한테 나쁘게 군 적 없어. 되게 착하다고."

"그래?"

"그래. 기자들이 괜히 시발, 호센이 나를 경쟁 상대로 여기면서 어쩌고…… 그거 볼 때마다 얼탱이가 없어서 진짜. 그 아저씨도 템페스트랑 계약해서 그런지, 나랑 그거 관련으로 이런저런 이야기도 많이 했다고. 자기 길드 들어오라는 말은 거절했지만."

"무슨 이야기를 했다는 거야?"

"뭔 이야기를 하겠냐? 권능 사용하는 요령이나, 사도에 대해서……. 뭐 그런 것들이지. 그 아저씨가 나보다 레벨도 높고 권능도 다양하거든."

현재 서민식의 레벨은 272였고, 호센의 레벨은 312였다.

"그래서 그 아저씨가 나를 좋아해. 자기보다 레벨도 낮고, 권능도 부족한데 잘 싸우니까. 속으론 뭔 생각하고 있을지는 잘 모르겠지만 말이야."

서민식은 쓸쓸한 표정을 지었다. 그 일 이후 고작 반나절도 지나지 않긴 했지만, 현재 호센의 생사는 확인되지 않고 있었다.

"바닥이 무너지고, 아래로 떨어져서…… 거기까지는 죽은 사람은 없었어. 그래도 다들 최전선에서 구르는 놈들이니, 추락사로 뒈질 정도는 아니었지."

문제는 그다음이었다.

"이런 일은 처음이었으니 말이야. 멀쩡한 거주 구역 바닥이 왜 무너져? 부실 공사도 아니고. 게다가 일부가 아니라 거주 구역 전체가 무너져 내린 거였어."

추락의 여파로 거주 구역의 건물들은 모조리 박살 났다. 죽은 헌터들은 없었지만 갑작스러운 상황에 놀라 경미한 부상 정도는 입을 수밖에 없었다.

"아래로 떨어졌잖아. 그럼 어째야겠어? 다시 위로 올라가야지. 그런데 말이야. 우리가 떨어진 곳이 뭔가 예사롭지 않았거든."

서민식은 그곳은 마치 폐허, 아니, 오래된 유적지처럼 보였다고 했다.

"위로 올라가자고 하는 새끼들은 아무도 없었어. 당연한 것 아니야? 왜 편한 곳 내버려 두고 위험해 빠진 최전선에 와 있는데? 날씨 좋은 동쪽 내버려 두고, 매일같이 눈보라가 몰아치는 지랄 맞은 곳에 온 이유가 뭘 거 같아?"

욕심이 많기 때문이다.

"다들 유적을 탐색하자고 나섰어. 나도 껴 있었고. 머릿속에서 템페스트가 불안해합니다, 뭐 이런 소리는 계속 들렸지만. 불안한 것은 나도 마찬가지였거든."

서민식은 낄낄 웃었다.

"다들 자신감 넘쳤지만 불안하기도 했거든. 그래서 그 순간
만큼은 떨어진 모두가 함께, 단독행동 없이 뭔지 모를 유적을
탐색하기로 했지. 일단 뭐 정보도 없고, 위험할지도 모르니 말
이야. 그렇게 다 같이 앞으로 갔어. 그러다가……."

몬스터를 만났다.

"몬스터야 질리도록 봐왔고 어비스는 몬스터의 세상이니까
마주칠 것쯤은 다들 상상했었는데, 그게 좀……. 하하."

최전선의 몬스터가 강력한 것이야 유별날 것이 아니지만, 유
적지에서 만난 몬스터들은 그 정도가 과했다. 선두의 헌터들
이 이렇다 할 성과를 내지 못하고 밀리기 시작했고, 어느 순간
퇴로는 뭔지 모를 살덩이의 벽에 가로막혀 버렸다.

"거기서부터는 잘 기억이 안 나."

남 목숨 챙길 때가 아니었다. 죽고 싶지 않다면 자기 목숨만
을 위해 행동해야만 했다. 몬스터들은 끝이 없었다. 놈들은 잘
들리지도 않는 말을 중얼중얼 외며 덤벼들었다.

서민식은 운이 좋았다. 마구잡이로 쏟아부은 공격에 퇴로
를 막고 있던 벽이 잠깐 열렸을 때. 누군가가 서민식의 어깨를
붙잡았다.

'저쪽으로 가!'

호센이었다.

서민식이 뭐라 말하기도 전에, 호센은 자신의 정령으로 서민식의 몸을 열린 통로로 날려 버렸다. 바닥에 나뒹군 서민식은 급히 몸을 일으켰지만, 벽은 이미 막혀 있었다.

"어비스에서 개같은 일이 많이 일어나긴 했지만, 이런 일이 일어난 건 처음이야. 그 정도로 강력한 몬스터들의 둥지가 발견된 것도 처음이고."

서민식은 그렇게 말하면서 한숨을 푹 내쉬었다.

"봤냐? 관리국이 탐색대 모집한다는 거."

"봤어."

어비스 관리국이 이렇게 공개적으로 탐색대를 모집한다고 밝힌 것은 전례가 없는 일이었다. 그만큼 이번에 일어난 일을 경계하고 있다는 뜻이리라.

"내버려 둘 수는 없는 노릇이니까. 대놓고 이런 피해가 났으면 수습을 해야 해. 그래야 사람들이 겁을 안 먹지."

"참가할 거냐?"

백현은 서민식을 물끄러미 쳐다보며 물었다. 그 시선에 서민식은 쓰게 웃었다. 그가 대답하려는 순간.

[템페스트가 고개를 젓습니다.]

[템페스트가 하지 말라 외칩니다.]

"……호센이 나를 보내주지 않았다면, 나도 거기서 나올 수 없었을 거야. 죽었는지…… 살아 있는지도 모르지만, 어쩌면 살아 있을 수도 있잖아."

서민식은 머릿속의 말을 무시했다.

"당연히 가야지."

사소한 문제가 있었다. 북쪽 최전선인 호른은 판데모니엄에서 까마득한 거리에 있는 곳이었다. 텔레포트 스크롤은 한 번 갔던 장소밖에 갈 수가 없었고, 그렇다고 판데모니엄부터 호른까지 뛰어가자니 그 거리가 만만치 않았다.

[……그래서.]

백현은 전화기 너머에서 들리는 목소리에 귀를 기울였다.

[나보고 거기까지 데려달라는 건가?]

"바로 그거야."

[대체……. 넌 나를 뭐라고 생각하고 있는 거지? 내가 왜 널 위해서 그런 수고를 들여야 하는 거냐? 아니, 내가 그렇게 해주면 넌 나에게 무엇을 해줄 수 있지?]

"야, 잠깐. 조금만 천천히 말해봐. 발음 좀 정확히…… 감정 너무 싣지 말고. 알아듣기 힘들어."

고작 두 달 학원에 다녀서 회화 레벨까지 도달한 것은 대단한 일이었지만, 역시 진짜 사람과 대화하는 것은 힘든 일이었다. 백현이 또박또박하는 말에 전화기 너머에서 라이 룽이 욕설을 내뱉었다.

"욕하지 말고. 나 이제 욕도 알아들을 수 있어."

[首胜!]

"닥치라고? 너무 그렇게 말하지 말고, 부탁 정도는 들어줄 수 있잖아. 어차피 너도 탐색대에 들어갈 거 아니었어?"

[안 가.]

라이 룽이 짜증스러운 목소리로 말했다.

"안 간다고? 왜?"

[반대로 묻지. 내가 왜 가야 하지? 나는 자선사업가도 아니고 자원봉사자도 아니야. 어비스는 매일같이 헌터가 뒈져 나가는 곳이고, 이번에는 조금 특이하게 뒈졌을 뿐이지.]

"그 특이함에 관심이 있지 않아?"

[관심이 있는 것은 사실이지만, 내가 직접 나서면서 알아볼 생각은 없어.]

"혼돈의 근원과 관련이 있다고 생각하지는 않고?"

떠보듯 묻는 말에 라이 룽이 전화기 너머에서 큭큭거리며 웃었다.

[만약 그런 것이라면 내가 안 갔을 리가 없잖아?]

'하긴.'

진의는 알 수 없었지만, 일단 용성군과 라이 룽의 바람은 혼돈의 근원을 없애는 것이다. 호른에서 일어난 일이 혼돈의 근원과 관련이 있었다면 라이 룽이 가만히 있을 리가 없다.

[……뭐, 좋아.]

어떻게 꼬드겨야 할까 고민하던 중에, 라이 룽이 중얼거렸다.

[탐사대에 낄 생각은 없지만, 그곳에서 무슨 일이 일어난 것인지 관심이 있는 것은 사실이니까. 네가 거기서 겪은 일들을 숨기지 않고 공유하겠다고 약속한다면, 호른까지 데려다주지.]

받아들이지 못할 제안은 아니었다.

다음 날. 백현은 오랜만에 어비스에 들어와, 판데모니엄의 북쪽 성문 앞에 서 있었다.

"넌 주변에 여자밖에 없어?"

마음에 들지 않았다. 이야기는 들었다. 먼 북쪽으로 가야 하니까, 지인의 도움을 받겠다고. 그것까지는 당연히 납득할 수 있는 이야기였다. 그런데 왜 하필, 또, 여자란 말인가? 사라는 표독스러운 눈으로 백현을 쏘아보았다.

손목에 채운 아라크네를 만지작거리던 백현은 고개를 들어 사라를 쳐다보았다. 마땅히 대꾸할 말이 없었다. 어째 주변에 여자가 많은 것은 사실이었기 때문이다.

"나도 몰라."

서민식을 제외하면 친분이 있는 상대가 다 여자기는 했다. 물론 연리운도 있기는 하지만, 그를 친구라고 할 수 있을까? 애당초 연리운은 인간도 아니잖은가.

"······예뻐?"

"뭐?"

"그, 라이 룽? 이라는 여자 말이야. 예쁘냐고."

"······예쁜가? 평범하다고 생각하는데?"

눈매가 지나치게 날카로운 감이 있기는 하지만. 백현의 중얼거림에 사라는 눈에 잔뜩 힘을 주고서 백현을 쳐다보았다.

"······이렇게?"

"아니, 그런 느낌이 아니라. 조금 더 가늘고······."

"눈이 작은가 봐?"

"작진 않아. 네 눈이 너무 큰 거지."

"······큰 눈이 예쁘지 않아?"

"눈 크기가 중요한가?"

"네, 네가 좋아하는 눈은 어떤 눈인데?"

"딱히 좋아한다고 말할 정도의 눈은 없……."

"그럼 어떻게 생긴 여자를 좋아하는 거야!"

"나보다 센 여자?"

백현은 별생각 없이 대답했다.

그 말에 사라의 두 눈이 파르르 떨렸다.

"……왜……?"

"나보다 세면 항상 싸울 수 있잖아."

'미친 새끼.'

물어본 내가 병신이지. 사라는 작은 목소리로 중얼거리면서 한숨을 푹 내쉬었다.

'그래도 아직 가능성은 있어.'

사라는 가슴 깊은 곳에서 결의를 다지며 주먹을 불끈 쥐었다. 그녀의 스승인 설화봉 유운려는, 백설염화천무를 극성으로 익히면 틀림없이 무적자가 될 수 있다고 말했었다.

무신마의 파천신화공과 그의 제자 백현에 대해 물어볼 때는 언제나 난감한 표정을 짓긴 했지만, 그래도 극성으로 익히기만 하면 아마 이길 수 있을 것이라고 말은 해주었다.

'극성으로 익히고, 무적자가 된다면. 널 패버릴 거야.'

20년 동안 백현에게 머리채를 잡혀 얻어맞던 기억이 파도처럼 스쳤다.

'그리고…… 그리고……'

피눈물을 질질 짜며 쓰러진 백현의 머리 위에 발을 올리고서.

'겨, 겨, 결혼⋯⋯.'

"왔다."

사라의 망상이 멈추었다. 라이 룽은 저만치에서 걸어오고 있었다. 고개를 돌린 사라는, 깔끔한 슈트 차림의 라이 룽을 보고서 어깨를 부르르 떨었다.

'평범하다더니.'

물론 미의 기준이라는 것은 사람마다 다른 것이 당연하지만, 라이 룽은 절대로 평범하다고 할 수준이 아니었다.

사라는 핏이 딱 맞아 떨어지는 라이 룽의 슈트와 자신이 입고 있는 널널한 추리닝 져지를 번갈아 보았다. 심지어 이 추리닝은 백현이 빈궁하던 스무 살 시절에 입던 것이었다.

"나도 옷 사줘."

"갑자기 왜?"

백현으로서는 뜬금없다고 생각되는 말이었다. 그 사이에 지척까지 다가온 라이 룽이 걸음을 멈추었다. 그녀는 백현의 곁에 서 있는 사라를 보며 눈을 얇게 떴다.

[호오.]

라이 룽의 머릿속에서 용성군이 놀란 소리를 냈다.

[어쩐지. 저 남자와 같은 인간이 또 있다는 것이 놀라웠거늘.]

"그 여자는 누구지?"

"친구."

"그런 친구도 있었나?"

"내가 친구도 없는 사람으로 보여?"

백현이 되묻는 말에 라이 룽은 어깨를 으쓱거렸다.

"내 군주가 저 여자에게 관심을 가지고 있거든."

"왜. 궁금해? 알려주면 넌 나한테 뭘 해줄래?"

"짓궂기는."

"먼저 따박따박 정 없이 군 게 누군데?"

그렇게 반박하니 할 말이 없었다. 라이 룽은 잠시 백현을 노려보다가 휙 몸을 돌렸다. 그녀가 손을 휘두르자, 공간이 갈라지며 하미르가 머리를 내밀었다. 그 손동작에는 노골적인 짜증이 섞여 있었다.

"삐졌어?"

"개소리하지 마."

라이 룽은 그렇게 내뱉고서 하미르의 머리 위에 올라탔다. 예전에 괴이산에서 서울로 돌아올 때 탔던 적이 있어서, 백현도 머뭇거리지 않고 하미르의 등에 올라탔다.

"이, 이건 뭐야?"

사라는 하얗게 질린 얼굴로 하미르를 쳐다봤다. 그리고 백현의 손짓에 슬금슬금 주저하다가 결국 그의 등 뒤에 찰싹 달라붙었다.

5

"아티펙트에는 별 관심이 없을 줄 알았는데."

하미르가 천천히 하늘로 날아올랐다. 사라는 멀어지는 지면을 보며 꿀꺽 침을 삼켰다. 그녀도 하늘 정도는 날 수 있었지만, 자신이 직접 나는 것과 탈 것에 타고 나는 것은 아무래도 느낌이 다른 법이었다.

"선물 받았어."

"그 정도 되는 아티펙트를 선물 받았다고? 대체 누가?"

"누구게?"

놀리듯 묻는 말에 라이 룽은 정색하고 백현을 돌아보았다. 백현은 실실 웃으며 라이 룽의 시선을 받아넘겼다. 그는 별생각 없이 하는 행동이었지만, 뒤에 앉은 사라가 보기에는 사이 좋게 꽁냥거리는 것처럼 보였다.

당연히 마음에 들지 않았다. 사라는 손가락에 힘을 주어 백현의 옆구리를 꼬집었다. 하지만, 군살 하나 없는 옆구리를 꼬집어 봤자 잡히는 건 살가죽뿐이었다.

"너 뭐하냐?"

"아무것도 안 해."

사라가 뚱한 목소리로 대답한 순간.

하미르가 공간을 뛰어넘었다.

거주 구역 호른이 '있던' 곳과 조금 떨어진 곳. 그곳에는 탐색대의 베이스캠프가 설치되어 있었다.

어비스관리국은 이번에 호른에서 일어난 일을 수습하고자 했지만, 사실 관리국에게 헌터들을 강제할 권한 따위는 없었다. 만약 그런 권한이 있었다면, 공개적으로 탐색대를 모집할 것도 없이 실력이 검증된 최상위 레벨의 헌터들을 위주로 하여 자체적으로 탐색대를 꾸렸으면 될 일이다.

공개적으로 모집한 탐색대는 빠른 해결을 위한답시고 시간도 하루밖에 주지 않았다. 이 베이스캠프조차도 바깥의 눈보라와 몬스터의 접근을 막고, 방한 마법, 확장 마법 정도가 걸린 것이 고작인 대형 텐트였다.

'이 새낀 언제 오는 거야?'

서민식은 다리를 꼬고 앉아 눈살을 찌푸렸다. 알아서 갈 테니 먼저 가 있으라는 말을 듣기는 했지만. 생각해 보니, 백현이 호른까지 왔을 리가 없었다.

'그 새끼 여기까지 오려면 아무리 빨라도 몇 달은 걸릴 텐데.'

걱정하지 말라는 소리를 듣기는 했지만, 그게 어디 말처럼 쉬운가. 서민식은 한숨을 푹 내쉬며 앞을 보았다.

넓은 텐트 안에는 꽤 많은 헌터들이 모여 있었다. 하지만 예상외라고 할 것까지는 없었다.

한쪽에 모여 앉아 장비를 점검하는 헌터들. 그들은 탐색대에 자원해서 온 헌터들은 아니었다. 관리국에 소속된, 헌터로 이루어진 특수부대. 소위 말하는 '사냥개'들이다.

보통은 범죄를 저지른 헌터들이 어비스로 도주했을 때 추격해 구속하거나, 척살하는 역할을 맡는 헌터들인데. 설마 탐색대에 저들이 참가할 줄이야.

'꽤 신경 쓰고 있다는 거겠지.'

당연한 일이었다. 어비스에서 헌터가 죽는 것이야 대수로울 것도 없는 일이지만, 이번에 호른에서 일어난 일은 전례가 없는 일이었다. 고작 하루가 지났을 뿐이지만, 전 세계의 미디어가 호른에서 일어난 일을 '재앙'이라고 말하면서 불안을 조성하고 있었다.

불안은 패닉을 낳는다. 어비스가 나타나고서 아직 5년밖에 흐르지 않았다. 지금이야 어비스에서 튀어나온 몬스터가 날뛰기 전에 사냥하는 것이 가능하지만, 초기에는 몬스터들을 제대로 잡지 못해 재앙이 일어나는 일이 잦았다.

5년은 그 끔찍하던 시절을 잊게 하기에는 너무 짧은 시간이다. 관리국으로서는 시민들의 패닉을 막기 위해서라도 빠르게 이 일을 수습해야만 했다.

'그래도 꽤 많이 오기는 했어.'

탐색대에 지원한 것은 관리국의 특수부대뿐만은 아니었다.

이 일을 기회로 삼고자 하는 헌터들도 꽤 많이 지원해 이곳까지 왔다. 하지만 그들 중에서 서민식이 관심을 줄 정도로 실력이 뛰어난 이들은 없었다. 레벨만을 따지자면 서민식보다 레벨이 높은 이들은 꽤 되었지만, 레벨이 전부는 아니다.

의외인 것은 정수아가 탐색대에 지원했다는 것이다. 이번 일로 관리국이 사도들에게 우선적으로 도움을 청했다는 소문이 있기는 했지만, 탐사대에 참가한 사도는 정수아뿐이었다. 비록 그녀가 완전한 사도가 아니라고 해도, 예비 사도는 일반 헌터와 격이 다른 존재다. 같은 한국인이고 면식이 있기는 했지만, 서민식은 정수아가 조금 어색했다. 그건 정수아도 마찬가지였다. 때문에 둘은 멋쩍은 인사만 한 번 나누고서 조금 떨어진 곳에 앉아 쭉 입을 다물고 있었다.

"슬슬 시간이 다 되어가는데."

침묵을 깬 것은 특수부대 소속의 헌터였다. 그는 이번 탐색대에 참가한 3팀의 팀장으로, 서민식도 아는 얼굴이었다.

헌터로서 유명한 사람은 아니었다. 헤너 웨이비어. 서민식이 고등학생일 때만 해도 UFC 헤비급 챔피언으로 유명했던 인물이다. 하지만 나이는 어쩔 수 없는 것인지, 젊은 선수에게 벨트를 넘겨준 것이 서민식이 기억하는 헤너의 마지막 모습이었다.

'설마 관리국의 사냥개가 되어 있을 줄이야.'

"더 올 사람은 없는 것 같은데?"

한쪽에 모여 있던 헌터 중 하나가 입을 열었다.

"더 기다릴 필요가 있나? 준비야 여기 오기 전부터 끝나 있었고, 그냥 시간이나 때울 겸 장비나 만지작거리고 있던 건데. 더 지체하지 말고 우리끼리 들어가는 것이 어떤가?"

"설마 재생의 뱀의 예비 사도가 와줄 줄이야. 실패할 일은 없겠군."

헌터들은 그렇게 말하며 낄낄 웃었다. 정수아는 굳이 대꾸해 주지 않았다.

"잠깐 기다……."

서민식이 뭐라고 말을 꺼내려는 순간이었다. 텐트의 문이 벌컥 열렸다.

"뭔 눈이 이렇게 지랄 맞게 와?"

백현은 투덜거리면서 몸에 묻은 눈을 털면서 안으로 들어왔다. 정수아가 반가움에 몸을 일으켰고, 서민식도 안도의 한숨을 내쉬었다.

"뭐 이리 늦어?"

"늦기는 뭘 늦어? 시간 다 되기 전에 왔구만."

백현의 뒤를 따라 들어온 사라는 정수아와 눈이 마주치자 째릿 시선을 보냈다. 조금 전까지 라이 룽과 함께 있었는데, 설마 여기서 정수아와 마주칠 줄이야.

정수아의 모습을 확인한 즉시, 사라는 텐트 안을 쭉 훑어보왔다. 헌터들 중 여자가 꽤 있었다.

[아는 사람 있어?]

[수아랑 민식이 말고 없어.]

돌아온 전음에 사라는 안도의 한숨을 내쉬었다. 서민식은 사라를 물끄러미 보다가 살짝 고개를 숙였다.

"어……. 예, 처음 뵙겠습니다."

"안녕하세요."

백현에게 이야기는 미리 듣기는 했지만, 실제로 보고 나니 심사가 뒤틀렸다.

'이 새끼. 20년 동안 저런 애랑 짝짜꿍했다 이거지? 거기에 지금은 같이 살고 있다고?'

누구는 여자 만날 시간도 없이 열심히 헌터 짓 하고 있는데. 서민식은 괜히 백현을 한 번 노려보았다.

"저거……."

"맞아. 그 한국인."

"옆에 여자는 누구야?"

헌터들이 수군거렸다. 헤너도 백현이 올 것이라고는 생각하지 못했는지 당황한 표정이었다.

"탐색대에 지원하러 온 건가?"

"설마 면접 같은 것도 봐야 해요?"

"아니…… 그런 건 아닌데. 옆의 아가씨는?"

"얘도 나랑 비슷해요. 그런데 아저씨 어디서 많이 본 얼굴인데……."

"야, 기억 안 나? 우리 고딩 때. UFC 챔피언이었던 사람 있잖아."

서민식이 곁에서 언질을 주었다. 하지만 좀처럼 기억이 나지 않았다. 그 시절의 백현은 격투기 같은 것에는 전혀 관심이 없었기 때문이다. 헤녀는 백현이 자신을 알아보지 못한다는 것보다, 그가 말한 '나랑 비슷하다'라는 것에 집중했다. 헤녀는 살짝 굳은 표정으로 물었다.

"자네와 비슷하다는 건, 저 아가씨도…… 군주랑 계약하지 않았다는 뜻인가?"

"네, 그래도 괜찮으니까 걱정 마요. 정 뭣하면 내가 챙기면 되니까."

헤녀는 큰 혼란을 느꼈지만, 일단 고개를 끄덕거렸다.

다른 헌터들은 속으로 쾌재를 불렀다. 떡고물에 관심이 있어서 탐색대에 참가한 것이기는 하지만, 최전선의 헌터들을 몰아붙였던 몬스터 무리와 뭔지 모를 유적들. 불안함은 당연히 있었다. 그런데 재생의 뱀의 예비 사도에, 군주와 계약은 하지 않았어도 보여준 힘은 예비 사도와 필적할 것이라 예상되는 백현까지 탐색대에 참가했다. 그건 탐색대 전체의 생존율이 저만큼이나 오른다는 것을 뜻했다.

"그럼 슬슬 브리핑을……."

"누구 하나 더 오는데?"

헛기침 한 번으로 목청을 가다듬고. 탐색 시작 전에 거치는 브리핑을 시작하려 할 때. 백현이 손을 들어 헤너를 가로막았다. 그 말에 헤너가 두 눈을 동그랗게 떴다.

"또? 온다고?"

"네."

헤너는 고개를 갸웃거리며 텐트의 문을 열었다. 확- 하고 몰아친 눈바람이 매서웠다. 그는 눈을 가늘게 뜨고서 눈보라 너머를 응시했다.

백현의 말대로였다. 저만치에서, 누군가가 천천히 이쪽으로 다가오고 있었다. 그런데 그 속도가 굉장히 느렸다. 저 살벌한 눈보라 속에서, 산책이라도 나온 것처럼 여유를 부리고 있다. 헤너는 좀 더 눈에 힘을 주었다. 흐릿한 인영이 보다 확실하게 보였다.

"……맙소사."

헤너의 입이 쩍 벌어졌다.

몇 분 지나지 않아서, 남자가 텐트의 안으로 들어왔다.

그는 좀, 미친놈 같았다. 발이 푹푹 박혀 들어갈 정도로 눈이 잔뜩 쌓인 설원. 앞도 제대로 보이지 않는 사나운 눈보라를 뚫고 온 남자는, 무겁고 커다란 금색의 갑옷으로 전신을 감싸고 있었다. 거기에 머리에는 얼굴 전체를 가리는 투구까지 쓰고 있었고, 등 뒤에는 몸만큼이나 커다란 방패를 짊어지고 있었다. 하지만 텐트에 있는 누구 하나, 남자를 두고서 미친놈이라고 수군거리지 않았다.

헤너는 아직도 입을 쩍 벌리고, 믿을 수 없다는 표정을 지으며 남자를 보고 있었다. 그건 서민식과 정수아도 마찬가지였다. 오직 백현과 사라만이, 남자가 누구인지 모르고서 고개를 갸웃거리고 있었다.

하지만 누군지는 몰라도, 놈이 범상치 않은 존재라는 것은 느낄 수 있었다. 백현은 가슴 안쪽이 간질거리는 것 같은 기분을 느꼈다. 그건 연리운이나 카르파고, 라이 룽과 처음 보았을 때 느꼈던 것과 같은 호승심이었다. 도원경이 아니라 이 세계에서 백현에게 제대로 된 호승심을 느끼게 할 존재는 많지 않았다. 게다가 놈에게는 카르파고나 라이 룽과 비슷한 느낌이 났다.

'……뭐야?'

사라는 백현과 다른 기분을 느끼고 있었다.

그녀는 백현과 다르다. 백현처럼, 강한 상대를 보면 일단 싸워보고 싶다는 기분은 느끼지 않는다. 지금 사라가 느끼는 것은 호승심이 아닌 불쾌감이었다. 끈적거리는, 그런 기분 나쁜 시선. 살갗에 오돌토돌 닭살이 돋는 것만 같았다.

몸이 망가지기 전 어린 시절에 숱하게 받았던 시선, 이 세계에 오고 나서 꾸준히 받고 있는 그런 시선과도 다르다. 적어도 사라를 그렇게 쳐다보는 이들은, 육욕에 눈이 먼 '인간'의 시선이었다.

어느 순간 시선이 깨끗이 지워졌다.

"왜들 그렇게 서 계십니까?"

투구의 안쪽에서 목소리가 흘러나왔다.

남자는 천천히 투구를 벗었다.

"탐색대에 지원하는 것은 자유 아니었습니까?"

남자는 그렇게 말하며 주변을 둘러보았다.

퓨어세인트의 사도, 드레이브 매드로어. 그는 사라와 눈이 마주치자, 선한 미소를 지었다.

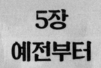

5장
예전부터

"드, 드레이브……?"

헌터 중 하나가 믿을 수 없다는 투로 그 이름을 중얼거렸다. 투구를 벗은 민얼굴을 보고서야, 백현은 남자가 누구인지 알아볼 수 있었다.

드레이브와 관련된 영상은 이것저것 본 적이 있었다. 그는 인간 중에서 최초로 사도가 되었고, 다른 사도들과는 달리 군주에 대해서 꽤 많은 이야기를 늘어놓은 인물이었다. 특히 그는 자신이 섬기는 군주인 퓨어세인트를 '신'이라 말하며, 사후 세계와 천국에 대해서 말한 유일한 사도이기도 했다.

용성군의 사도인 라이 룽이나, 혈사자의 사도인 카르파고. 악몽의 결정자의 사도인 샤나크는 드레이브와는 달리, 단 한

번도 대중의 앞에서 군주가 신이며, 천국과 같은 사후세계가 존재한다고 말한 적 없었다.

인류의 첫 번째 사도라는 상징성. 거기에 퓨어세인트가 인간을 돕는 이유를 두고서 인류애라 말하며, 천국이라는 사후세계. 치유 마법과 신성력까지. 퓨어세인트가 현세대에서 신흥 종교로까지 여겨지는 이유는, 모두가 저 한 명의 인간이 한 발언들 때문이었다.

'실제로 보는 건 처음이군.'

사진과 영상으로는 이미 몇 번이나 본 얼굴이지만.

드레이브는 단정한 금발 머리에 신비로운 푸른 눈의 소유자였다. 또렷한 이목구비와 부드러운 눈매, 입가의 잔잔한 미소는 할리우드 영화에서나 볼 법한 주인공을 연상시켰다. 그것도 배드애스 주인공이 아닌, 옛날 로맨스 영화의 주인공과 같은 얼굴이었다.

"탐색대에 참가하려는 겁니까……?"

헤너가 더듬거리며 물었다. 그 질문에 드레이브는 미소를 짙게 보이며 천천히 고개를 끄덕거렸다. 그것을 본 헌터들의 얼굴에 화색이 돌았다. 정수아에 백현, 거기에 드레이브까지.

사실 헌터들은 정수아와 백현보다는, 드레이브가 탐색대에 참가한다는 것을 더 기쁘게 여겼다. 당연하고 어쩔 수 없었다. 예비 사도인 정수아나, 군주와 계약하지 않은 백현과는 다르게 드레이브는 이미 그 실력과 격이 검증된 진짜 사도였기 때문이다.

[유명한 사람이야?]

[유명하지.]

사라는 백현의 전음에 눈썹을 찡그렸다. 투구 안쪽에서 느껴졌던 시선은 단순한 착각이었나? 하지만 그런 것치고는……. 사라는 팔뚝을 어루만졌다.

[왜 그래?]

[아무것도 아니야.]

괜한 말을 하고 싶지는 않았다. 사라는 빈 의자에 가서 털썩 앉았다. 드레이브는 처음 사라를 보며 미소 지은 이후로, 더 이상 그녀에게 시선을 주지 않고 있었다.

"시민들이 두려움에 떨고 있습니다."

드레이브가 천천히 말했다. 그는 자신에게 향한 시선을 마주 둘러보면서 서글서글한 미소를 지었다.

"어제, 호른에서 벌어진 일은 안타까운 재앙입니다. 신을 섬기는 자로서 어찌 재앙을 묵과할 수 있겠습니까?"

"오오."

"제가 큰 도움이 될 수 있다는 약속은 못 드리겠지만, 이 한 몸을 바쳐 재앙을 물리치는 것에 일조하겠습니다. 그리 한다면 두려움에 떠는 시민들에게 평안을 찾아줄 수 있겠지요."

"오오⋯⋯."

여기 있는 헌터들은 대단한 사명감이 있어서 온 것은 아니다. 그들이 바라는 것은 부와 명예 그리고 군주들의 관심뿐. 이 일을 해결한다면 군주들은 그만한 보상을 내려줄 것이고, 헌터로서의 이름도 높아질 것을 기대하고 온 것이다.

그렇다고 해서 드레이브가 하는 말에 공감하지 못하는 것은 아니었다. 세속적인 것을 쫓는다 한들, 일단 탐색대에 참가해 성공적으로 탐색을 마치고서 유적에 있는 몬스터를 토벌한다면. 일단 드레이브가 말한 '재앙'을 물리치는 것에 일조하는 것 아닌가?

헌터들은 선망 어린 눈으로 드레이브를 보았다. 드레이브의 몸을 감싼 갑옷이 은은한 금색 광채를 뿜었다. 그 성스러운 모습에 몇몇 헌터들이 감격했다는 듯 고개를 끄덕거렸다.

네 명이나 되는 사도 중에 오직 드레이브만이 시민들의 평안을 위해 이곳에 왔다. 이 일로 드레이브와 퓨어세인트의 평판이 오를 것은 틀림없는 사실이었다.

"⋯⋯으흠, 그럼."

멍하니 드레이브를 쳐다보고 있던 헤너가 뒤늦게 정신을 차렸다. 그는 낮게 헛기침을 하며 주변을 쓱 둘러보았다.

"브리핑을 시작합시다."

헤너가 리더로 있는 관리국 특수부대 3팀이 40명. 자원해서 참가한 헌터들이 48명. 거기에 백현과 사라, 서민식, 정수아, 드레이브. 총 93명으로 탐색대가 구성되었다.

헤너는 몇 개의 수정구슬을 꺼내 공중에 띄웠다. 그것은 이번에 흐른 지하 유적지에서 탈출에 성공한 헌터들 중, 하이로드와 계약한 마법사들이 따로 저장해 둔 시각 정보를 영상화한 구슬이었다. 그 외에도 협조에 나선 헌터들의 기억을 영상화한 구슬도 있었다.

브리핑은 구슬의 정보를 확인하는 식으로 진행되었다. 유적지에 대한 정보 자체는 거의 없다시피 했고, 문제는 역시 몬스터였다.

"처음 보는 종인데?"

"하고냐랑 닮은 것 같기도 하고."

"바라멘이랑도 닮았는데?"

헌터들은 날뛰는 몬스터의 영상을 보며 중얼거렸다. 사실 닮은 몬스터를 따지는 것은 무의미했다. 형태가 가지각색이었기 때문이다. 몬스터 군락에 서식하는 몬스터는, 조금씩 차이는 있어도 같은 종인 경우가 대부분이다. 그런데 유적지의 몬스터들은 그 종에 통일성이 없었다. 어떤 놈은 발이 네 개고, 어떤 놈은 이족보행을 했다.

"기본적으로 마법 저항력이 깔려 있고, 재생력까지 갖추고 있어요."

"몇몇 놈은 독까지 쓰네요."

서민식이 말했고, 정수아가 중얼거렸다. 사라도 눈을 동그랗게 뜨고 영상을 쳐다보았다.

"사실 대처법을 따지는 것은 무의미합니다. 같은 종도 아니고…… 워낙 섞여 있어서. 즉석에서 대응하는 것이 최선이긴 한데."

"우선 목표가 뭡니까?"

드레이브가 입을 열었다.

"혹시 모를 생존자의 구출입니까? 아니면 몬스터의 전멸입니까?"

"……일단은 생존자의 구출입니다만…… 과연 살아 있을지."

"퓨어세인트한테 물어보지 그래요?"

백현이 드레이브를 돌아보며 말했다. 그 말에 드레이브가 싱긋 웃었다.

"말을 조심해 주십시오."

백현이 퓨어세인트를 대놓고 부른 것이 거슬린 모양이었다. 그와 설전을 하고 싶은 마음은 없었기 때문에, 백현은 어깨를 으쓱거리며 고개를 끄덕거렸다.

"아, 미안해요. 내가 섬기는 신은 아니라서. 어쨌든, 당신의 신한테 물어보지 그래요?"

"신이라 해서 모든 것을 알 수 있는 것은 아닙니다."

신이면 전부 다 알아야 하는 것 아닌가?

'하긴, 진짜 신도 아니니까.'

"물론, 그분께서는 자신을 섬기는 모든 존재를 보고 계십니다만 유적지에서 소식이 끊긴 신자들은 이상하게도 보이지 않는다 하시는군요."

백현은 정수아를 힐긋 보았다. 잠시 정신을 집중하고 있던 정수아도 고개를 끄덕거렸다.

"재생의 뱀께서도 보지 못하고 계세요."

"그렇기 때문에 더더욱 생존자의 구출을 우선해야 합니다."

"보지 못한다는 것은 죽었다는 것 아니에요?"

"그렇지는 않습니다. 계약은 이어져 있어요. 그들은 아직 살아 있습니다."

드레이브가 단호한 목소리로 말했고, 그의 말에 반발하는 헌터들은 한 명도 없었다. 생존자를 구해야 한다는 그 말은 도의적으로 흠잡을 곳 없이 옳았기 때문이다. 게다가 다른 누구도 아니고 인류 첫 번째 사도가 저렇게 말하는데 누가 싫다고 하겠는가?

브리핑을 끝내고 베이스캠프를 나왔다. 여전히 사나운 눈보라가 몰아치고 있었지만, 탐색대는 주저하지 않고 눈보라를 뚫고 나아갔다. 각자 나름대로 눈보라에 대한 대책을 마련하고 왔기 때문이다.

"너 안 춥냐?"

서민식은 방한 마법이 걸린 두툼한 파카를 입고 있었다. 그뿐만 아니라 그의 주변엔 은은하게 붉은빛을 내뿜는 불의 정령이 달라붙어 있었고, 바람의 정령은 정면에서 날아오는 눈발을 서민식에게 닿지 않게끔 바람의 방향을 조절해 주고 있었다. 옷을 겨입은 것은 정수아도 마찬가지였다. 그녀는 큼직한 롱 패딩을 입고 모자와 고글까지 썼다.

그들에 비해서 백현과 사라는? 백현은 사린 흑의 위에 널널한 무복을 입었고, 속옷과 바지는 발렌시아에게 받은 것을 입었다.

서민식은 아무것도 신지 않은 백현의 맨발을 보면서 괜히 두툼한 워커 안에 있는 자기 발가락을 꼼질거렸다.

"너 그러다가 발가락 잘린다."

"평생 그런 일 없을걸."

사라도 백현과 크게 다를 것은 없었다. 백현이 빈궁하던 시절 입었던 낡은 추리닝 풀 세트와 그나마 최근에 사준 운동화 한 켤레. 그마저도 사라는 신지 않고 양손으로 들고 걷고 있었다. 결국, 둘 다 맨 발이었다.

"신발은 왜 안 신는 거예요?"

"젖잖아."

이해하지 못한 정수아가 결국 물어보았고, 사라는 시큰둥

한 목소리로 대답했다.

이상한 것은 옷차림뿐만이 아니었다. 다른 이들은 깊이 쌓인 눈 때문에 걸을 때마다 발이 푹푹 박혀 더딘 속도로 나아갔는데, 백현과 사라는 평지를 걷는 것처럼 쌓인 눈 위를 사뿐사뿐 걸어나갔다.

"너 그거 어떻게 하는 거냐?"

"답설무흔(踏雪無痕)."

"뭐?"

"무협지 안 봤어? 원래 고수는 눈 위를 걸어도 발자국이 안남아."

으스대듯 하는 말에 서민식의 얼굴이 일그러졌다. 그는 바람의 정령을 불러 공중에 몸을 살짝 띄웠다. 그러고선 백현이하는 것처럼 눈 위를 걸었지만, 아무리 하늘을 날고 있어도 눈위를 밟으면 발자국이 남게 마련이었다.

"실제로 보는 것은 처음이군요."

드레이브가 다가와 말을 걸었다. 다시 투구를 눌러쓰고 안면 가리개까지 내린 덕에, 드레이브의 표정은 보이지 않았다.

"나를 알아요?"

"당연히 알고 있습니다."

"당신의 신에게 들었나 보죠?"

백현의 질문에 드레이브가 작게 웃음소리를 냈다.

"그분께서는 당신에게 많은 관심을 가지고 계십니다. 언젠가 다시 한번 성역을 찾아와 달라 하시더군요."

"갈 일이 생기면 가겠죠."

대답은 그렇게 했지만, 퓨어세인트를 만나러 갈 생각은 없었다. 다른 군주들이 죄다 악담을 퍼부어대는 데다가, 백현 본인도 퓨어세인트가 영 수상쩍었기 때문이다.

"당신이 여기 온 것도 그…… 신의 뜻인가요?"

"둘 다입니다. 그분은 호른에서 일어난 일을 진심으로 안타깝게 생각하고 계시고, 그분을 모시는 저 역시 어떻게든 이 일에 나서서 도움이 되고 싶었습니다."

당신은 어떻습니까? 드레이브가 백현을 쳐다보았다.

"당신이 탐색대에 참가한 것은 호기심입니까? 아니면 호승심?"

"인류애란 생각은 전혀 안 하나 보죠?"

되묻는 말에 드레이브가 웃음을 터뜨렸다.

"아, 죄송합니다. 제가 들은 당신은…… 인류애란 이유와는 어울리지 않아서요."

"뭐, 그렇죠. 호기심, 호승심이라……. 둘 다인가? 사실 가장 큰 이유는 친구 따라서 온 거예요."

"서민식?"

"네."

드레이브는 앞쪽에서 걷고 있는 서민식의 등을 힐긋 쳐다보았다.

"그녀는 누구입니까?"

잠시 서민식을 보던 드레이브가 고개를 돌렸다. 사라는 투구 안쪽에서의 시선을 느끼고 쨰릿 눈을 돌렸다. 그 시선은 아까처럼 기분 나쁘지는 않았지만, 자신을 쳐다본다는 것 자체가 그리 기분이 좋지는 않았다.

"궁금한 게 있으면 나한테 직접 물어봐요."

"제 질문이 불쾌하셨습니까?"

드레이브가 투구 쓴 머리를 갸웃거리며 물었다.

"왜요. 나쁘면 안 돼요?"

"아니, 아닙니다. 많이 특이한 분 같아서. 당신이 튜토리얼에서 보여준 활약은 제 신께서도 보셨습니다."

"아, 맞아. 당신이 계약한 군주가 퓨어세인트였죠?"

"……말을 조심해 주십시오."

드레이브는 그렇게 말했지만, 사라는 개의치 않았다.

"왜 나를 그렇게 쳐다본 거예요?"

"단순한 호기심입니다."

"그게 전부라고요?"

"자각하지 못하는 겁니까? 당신에 대해 호기심을 품지 않는 군주가 있을 것 같습니까?"

"하지만 그렇게 쳐다본 건 퓨어세인트뿐이었는데."

"말을 조심해 달라 했습니다."

드레이브가 다시 한번 말했다.

"……그런데, 당신의 이름은 뭡니까?"

"내 이름?"

"예."

"김사라."

"김사라……. 사라, 그게 당신의 진짜 이름인 겁니까?"

"그럼 가짜 이름이겠어요?"

그 대답을 듣고서 드레이브는 피식 웃었다. 그가 사라의 이름을 들었을 때,

[아.]

그의 머릿속에서 퓨어세인트가 작은 소리를 내뱉었다. 놀람과 애달픔, 그리고…….

'그리움?'

어째서? 드레이브는 퓨어세인트의 목소리에 섞인 감정을 이해할 수가 없었다.

본래 호른이 있던 자리에는 거대한 구멍만이 있었다. 마치 어비스 안에 새로운 어비스가 생긴 것 같은 모습이었다.

사라는 거주 구역이었던 마을의 처참한 폐허를 보면서 아랫입술을 잘근 씹었다. 그 모습은 떠올리고 싶지 않은 과거를 떠올리게 만들었다.

"내려가죠."

헤너가 말했다.

각자의 방법으로 구멍 아래로 내려와, 바닥에 도착했다. 백현은 박살 난 건물의 잔해를 둘러보다가, 멀지 않은 곳에 있는 유적을 바라보았다. 너무 낡아 당장에라도 무너질 것 같은 모습이었지만. 유적은 오래된 신전을 연상시켰다.

"저쪽이야."

서민식이 손을 들어 신전의 너머를 가리켰다. 그 너머에는 벽을 뚫고 이어진 구불구불한 길이 있었다.

"저 안으로 들어가다가 몬스터랑 만났어."

백현은 기감을 확장시켜 안쪽을 탐지해 보았다.

'응?'

도중에 뚝, 하고. 막히는 기분이 들었다.

"자."

어느새 등 뒤의 커다란 방패를 꺼내 든 드레이브가 결의에 찬 목소리를 냈다.

"갑시다."

그는 다른 이들의 대답을 기다리지 않고, 신전의 안쪽으로 향했다. 어차피 길은 하나뿐이었고, 시간을 지체할 이유는 없었다. 가장 위험한 선두마저 드레이브가 자처하였으니 머뭇거릴 이유는 없었다.

헌터들은 제 몸만큼이나 커다란 방패를 앞세우고 나아가는 드레이브를 믿음직스러운 눈으로 바라보았다.

"저게 '말브론'이지?"

"허리에 검도 신물일까?"

"당연히 신물이겠지. 사도가 일반 아티펙트를 쓰겠어? 입고 있는 갑옷도 신물일 거야."

헌터들이 수군거렸다.

[템페스트가 불안을 느낍니다.]

[템페스트가 가지 말라고 말합니다.]

머리가 지끈거렸다. 아직 아무 일도 일어나지 않았는데, 템페스트는 벌써 서민식에게 과한 걱정을 보내고 있었다.

'왜 이리 오버하는 거야?'

멈추지 않고 들려오는 목소리를 향해, 서민식은 짜증으로 표정을 찌푸렸다.

'아무 일도 안 일어났어. 몬스터도 안 나왔고. 게다가 사도도 있고, 예비 사도에…… 백현 저 새끼도 있잖아. 김사라? 얼

마나 센지는 몰라도, 현이랑 같이 도원경이란 곳에 있었단 것을 보면 겁나 세겠지.'

[템페스트가 불안을 느낍니다.]

'그렇게 불안하면 나도 사도로 삼으면 되잖아.'

다시 한번 들려온 목소리에, 서민식은 결국 그렇게 내뱉고 말았다.

'아직도 자격이 부족해?'

그건 솔직히 납득하기 힘들었다. 북쪽에서 지내는 동안, 서민식은 몇 번이나 호센과 만나 템페스트의 권능에 관한 이야기를 나누었다. 레벨 272인 서민식과 312의 호센. 둘 사이에는 레벨뿐만이 아니라 권능의 차이도 있었다.

솔직히 서민식은 템페스트가 이리도 자신을 총애하기에, 자신의 권능이 호센보다 나을지도 모른다는 생각을 하기도 했었다. 실상은 그렇지 않았다. 단순 권능의 격은 서민식보다 호센이 훨씬 높았다.

하지만 지닌 권능의 격을 떠나, 소환한 정령을 다루어 싸우는 것 자체는 서민식이 호센보다 못하지 않았다.

'자네의 정령 친화력은 놀라울 정도군!'

호센은 서민식이 정령을 다루는 것을 보며 그렇게 감탄하곤 했었다. 하지만 서민식은 그 말을 좀처럼 이해할 수가 없었다. 애당초 의사소통도 안 되는 정령들을 두고서 친화력은 뭔 놈의 친화력이란 말인가?

서민식은 호센과 레벨 차이가 꽤 났지만, 권능 같은 것을 떼고 보면 그보다 부족한 것이 없단 생각이 들었다. 때문에 자신이 사도가 될 자격이 없다는 생각은 하지 않았다.

[템페스트가 당신을 우울한 눈으로 바라봅니다.]

'또, 또, 또.'

사도에 관한 생각을 할 때마다, 템페스트는 언제나 똑같은 반응을 보였다. 우울한 눈.

템페스트와 계약한 헌터 중 가장 레벨이 높은 호센보다 정령을 잘 다룰 자신이 있는데, 이래도 자격이 부족하단 말인가? 서민식은 진절머리가 나서 생각을 그만두었다.

외길을 지나는 동안 몬스터의 습격은 없었다. 하지만 주변의 경계를 놓치지 않고 걷던 중.

"여기군요."

선두에 서서 걷던 드레이브의 걸음이 멈추었다. 구불구불

이어진 길이 막혀 있었다. 앞을 가로막은 '벽'은 영상으로 보았던 것과 똑같았다.

"이게 대체 뭐야?"

"돌도 아니고, 금속도 아니고……."

살덩어리를 뜯어다 채워 넣은 것만 같은 육벽(肉壁)을 마주하고서, 헌터들이 제각각 소감을 늘어놓았다.

드레이브는 등허리에서 작은 단검을 꺼냈다. 그리곤 조심스레 육벽의 표면을 긁어보았다. 얇게 갈라진 육벽에선 핏물 같은 것은 흐르지 않았고 상처도 금세 메워졌다.

"흠."

드레이브가 안면 가리개를 올리고서 작은 신음을 흘렸다. 그러자 드레이브의 뒤에서 걷던 헤너가 다가왔다.

"뭐 문제라도?"

"해보시죠."

드레이브에게 단검을 건네받은 헤너가 두 눈을 끔벅거렸다.

'왜 직접 해보라는 거지?'

처음에는 그 이유를 알 수 없었지만, 직접 해보고 나니 알 수 있었다. 드레이브는 쉽게 육벽의 표면을 베어냈지만, 헤너가 힘을 주어 단검을 밀어 넣어도 육벽에는 흠집 하나 나지 않았기 때문이다.

"두께도 꽤 되는 데다가, 기껏 흠을 만들어도 금세 메워지는 군요."

"그러면······. 못 뚫는 겁니까?"

"그럴 리가요."

드레이브가 피식 웃었다. 하지만 그는 직접 검을 뽑지 않고서 백현을 돌아보았다.

"도와주시겠습니까?"

"당신도 충분히 할 수 있잖아요?"

"백현 씨만큼은 아닙니다."

그 말에 백현은 어깨를 으쓱거리며 앞으로 나섰다. 그 순간, 사라가 백현의 손목을 잡았다.

"내가 할게."

"어?"

"할 수 있어."

사라는 드레이브를 힐긋 째려보며 말했다. 그녀가 하고자 하는 것은 일종의 무력시위였다.

사라의 입장에서는 드레이브와 퓨어세인트, 둘 모두가 뭔지도 모를 짜증스러운 존재들이었다. 별것 아니지만, 이번에 자신의 힘을 보여주어 허튼수작을 부리지 말라고 경고해 줄 셈이었다.

"마음대로 해."

평범한 헌터에게는 어려운 일이겠지만, 사라나 백현에게는 지나치게 쉬운 일이었다. 고작해야 벽 하나를 무너뜨리는 일 아닌가.

모두의 시선을 받으며 사라가 앞으로 나섰다. 드레이브는 몇 걸음 뒤로 물러서 호기심 어린 눈으로 사라를 보았다.

사라는 가볍게 숨을 삼키고서 손을 들어 벽에 가져갔다.

쩌적!

극한(極寒)의 냉기가 순식간에 육벽을 얼어붙게 만들었다. 외길을 가득 채운 추위에 헌터들이 질겁했다. 드레이브도 놀란 표정을 지었다.

[예전부터 그랬어. 특히 손발이 차가웠지.]

그의 머릿속에서 작은 중얼거림이 들렸다.

꽈직!

육벽에 대고 있던 손을 밀치자, 얼어붙은 육벽이 박살 났다. 서민식은 저 벽을 뚫기 위해 고생했던 헌터들의 노고를 떠올렸다.

'인생 ×발…….'

순식간에 벽이 박살 난 것에 힌디들이 탄성을 내질렀다. 그 소리를 들으며 사라는 배시시 웃었다. 어린 시절부터 다른 이에게 인정받는 것보다는 멸시를 받는 일이 더 많았기에, 그녀는 탄성을 듣는 것이 좋았다.

우우.

무너진 벽의 너머에서 소리가 들린다. 무언가가 울부짖는 것 같은 소리, 어쩌면 벽에 막혀서 고여 있던 바람이 다시 흐르는 소리일지도. 사라가 고개를 돌렸다.

드레이브의 표정이 싸늘하게 식었다. 벽 너머에서는 어둠이 꿈틀거리고 있었다.

그 순간에는 무엇이 보이고, 무엇이 들리고, 무엇을 아느냐가 중요하지 않았다. 직감. 그것이 중요했다. 상식이 통용되지 않는 어비스란 곳에서, 지금 그들이 있는 곳은 어비스의 그 어느 곳보다 비상식적인 세계였다.

백현의 양손이 들렸다. 몇 번 써보지 않은 아라크네가 완벽하게 사용되었다. 아티펙트라고는 해도 결국에는 무기. 은사(銀絲)를 제대로 다뤄본 적은 없었지만, 크게 어려울 것도 없었다.

파바박!

얇은 은사가 쏘아졌다. 아라크네의 은사는 가장 먼저 곁에 있던 서민식의 허리를 휘감았다. 그 뒤에는 정수아. 다음은…….

'사라.'

사라는 두 눈을 깜박거렸다. 무슨 일이 벌어진 것인지 잘 알 수가 없었다. 그 순간에 의식을 잃어서가 아니라, 이런 경험이

처음이었기 때문이다. 무너뜨린 길 너머에서 어둠이 흘러넘치고. 그 순간에…….

'등 뒤에서.'

무언가가 다가오는 것을 느꼈다. 백현의 기척이었다.

"나한테 뭘 한 거야?"

사라는 확- 하고 고개를 돌렸다. 기분이 좋지 않았기 때문에 말투 역시 험했다.

그리 떨어지지 않은 곳에 드레이브가 서 있었다. 그는 쓰고 있던 투구를 벗으며 사라를 쳐다보았다.

"무슨 말입니까?"

"조금 전에. 나한테 뭔가를 했잖아."

"아. 당신을 지키려고 했던 것 말입니까?"

드레이브는 대수롭지 않다는 태도로 중얼거리면서 눌린 머리를 손으로 헤집었다.

"지키려고 했다고?"

"예. 조금 전에…… 당신도 보지 않았습니까? 어둠이 터진 것. 뭔지는 알 수 없었지만, 꽤 위험해 보였어요. 그리고 저와 당신은 가장 앞에 있었고요."

쿠웅.

드레이브는 자신의 방패, 말브론을 바닥에 내려놓았다. 그 어떤 공격에도 흠집 하나 생기지 않는 신의 방패가 바로 말브론이다. 그런데…… 정면에서 터진 어둠을 받아낸 것뿐인데 작은 흠집이 나 있었다. 드레이브는 말브론의 흠집을 내려 보며 쯧쯧 혀를 찼다.

"그 순간에 제가 무엇을 해야 했겠습니까? 피한다? 할 수 있었지요. 하지만 피했다면?"

"나도 충분히 피할 수 있었어."

"예, 물론 그랬을 겁니다. 당신이 백현 씨와 아주 똑같지는 않아도, 엇비슷한 수준이라면 피할 수 있었을 겁니다. 하지만 전 피할 수 없었습니다. 피해서는 안 되었어요."

드레이브는 그렇게 말하면서 바닥에 털썩 앉았다. 사라는 뚱한 눈으로 드레이브를 쳐다보다가 주변을 둘러보았다.

천장이 막힌 지하. 하나 이곳은 동트기 전의 새벽처럼 푸르스름한 어둠으로 가득 차 있었다.

"저와 당신은 피할 수 있었습니다. 하지만 제 뒤에 있던 이들은 피할 수 없었어요. 그러니 막아야만 했던 겁니다."

"너 때문에 나까지 휘말렸어."

"어쩔 수 없었습니다. 제 바로 곁에 당신이 있었으니까. 설마 이렇게 같이 오게 될 줄은 몰랐는데……."

"다른 사람들은 어디에 있는 거야? 백현은?"

"모르죠. 어둠은 막았지만, 그것이 전부는 아니었으니까. 아마 어딘가에 있지 않겠습니까? 이곳은 꽤 넓어 보이니까요."

말브론의 홈집을 어루만지던 드레이브가 대답했다. 직전까지 외길에 있던 그들은, 어느새 넓은 도시 한가운데에 떨어져 있었다. 이곳은 마치 오래된 도시의 폐허처럼 보였다.

"그럼……."

"백현 씨는 당신의 도움 없이는 안 될 정도로 약한 사람입니까?"

사라가 움직이려는 순간, 드레이브가 그렇게 물었다. 그 질문에 사라는 눈썹을 찡그리며 드레이브를 돌아보았다. 그때까지도 드레이브는 말브론의 홈집을 어루만지고 있었다.

"하? 그게 뭔 개소리야? 그럴 리가 없잖아. 백현은 나보다 훨씬 세."

"그걸 어떻게 압니까?"

"엄청 많이 싸워봤으니까 알지! 백현은 나보다 훨씬 강해. 물론 나도 강하지만, 내가 도와줄 필요까지는 없다는 거야. 그래도 언젠가는 내가 더 세지겠지만."

사라는 들뜬 목소리로 말했다. 그 목소리에 섞인 흥분은 조금 전 드레이브와 단둘이 이야기를 나눌 때와는 노골적일 정도로 차이가 심했다. 드레이브는 큭큭 웃으면서 건틀릿을 벗었다. 사라는 그가 맨손으로 말브론의 홈집을 어루만지는 것을 보며 질색하는 표정을 지었다.

"대체 언제까지 그러고 있을 셈이야? 막으라고 있는 방패에 홈집 좀 날 수도 있지."

"이건 신에게 받은 방패입니다. 이 세상 그 무엇도 뚫을 수 없는 방패. 절대로 흠집이 나서는 안 됩니다."

"그래서 네가 모시는 신이 거짓말을 했다는 것에 삐친 거야?"

"아니요. 그럴 리가요. 이 세상에 절대적인 것이 없다는 것은 저도 잘 압니다. 절대로 뚫을 수 없는 방패? 그런 게 존재할 리가 없지 않습니까. 물론 말브론은 그런 물건에 근접할 테지만, 흠집이 난 것은 제가 제대로 사용하지 못했기 때문입니다."

드레이브는 그렇게 말하고선, 자리에 무릎을 꿇고 기도를 올렸다. 사라는 그런 드레이브를 어처구니가 없어서 바라보았다.

"……그래서, 네가 섬기는 신이 뭐라는데?"

"아무 말씀도 없으시군요."

드레이브는 감은 눈을 뜨고서 중얼거렸다.

"목소리가 들리지 않습니다. 연결되어 있는 것은 확실한데…….
그분도 나를 볼 수 없고, 저 또한 그분을 느낄 수 없어요. 왜 생존자들과 연결이 끊어졌는지 알겠군요."

드레이브는 그렇게 중얼거리면서 몸을 일으켰다.

"신이 저를 볼 수 없고, 저 역시 신을 느낄 수 없다는 것은 무척 슬픈 일이지만. 영원한 것도 아닐 터이니, 지금은 오히려 잘 되었군요."

"그게 무슨 말이야?"

사라는 자신을 보는 드레이브를 경계 어린 눈으로 쳐다보았다. 드레이브는 그 시선을 마주하며 선한 미소를 지었다.

"당신이 누구인지는 모르겠지만, 제 신은…… 당신을 볼 때마다 다양한 감정을 표현하고 있습니다. 제가 가장 알 수 없는 감정은, 바로 '그리움'입니다."

처음 베이스캠프에 도착했을 때? 아니, 그때부터가 아니다. 생각해 보면, 퓨어세인트가 탐색대에 드레이브를 보낸 것부터가 특별한 의도가 섞인 것이었다. 그만큼 그 신명(神命)은 갑작스러웠다.

바로 오늘, 드레이브가 섬기는 신은 갑자기 그에게 탐색대에 참가하라 신명을 내렸다. 그리고 캠프에 들어간 순간. 드레이브의 눈을 통해 사라를 보았다.

"그리움?"

"그럼에도 제 신은 당신이 누구인지 알고 싶어 하지 않아 해요. 정확히 말하자면, 당신과 가까이하고 싶어 하지 않고 있습니다. 지금부터 제가 하고자 하는 질문 역시, 제 신은 명하지 않은 것입니다."

드레이브의 눈이 가늘어졌다.

"당신은 누구입니까? 왜 신은 당신을 본 순간 동요한 겁니까? 왜 당신을 보면서, 신은 신답지 않은 감정을 보인 겁니까? 왜 신은 당신을 특별히 여기는 겁니까?"

연이은 질문의 끝에, 드레이브는 천천히 숨을 삼켰다.

"당신은 신을 알고 있습니까?"

추궁하는 것만 같은 태도가 마음에 들지 않았다. 하지만 가장 마음에 들지 않은 것은, 드레이브가 쭉 입에 달고 있는 '신'이라는 말이었다.

아니, 그건 굳이 드레이브뿐만이 아니었다.

사라는 지금 자신이 살고 있는 세계. '지구'가 마음에 들었다. 지구는 그녀가 이전에 살았던 17차원 프로아와 비교하면 모든 면에서 좋은 곳이었다. 이 세계에는 전쟁도 없었고, 오염되어 죽어가는 땅과 그 땅에서 배회하는 마물도 없었다. 먹을 것은 풍족했고, 거리를 걷는 사람들은 다들 각자 나름의 행복에 취해 있었다.

하지만 전부 다 마음에 든 것은 아니었다. 몇 가지, 마음에 들지 않는 것은 있었다.

백현의 주변에 있는 여자들 또한 사라에게 있어서는 아주 사소하게 마음에 들지 않는 것에 포함되었다. 이 멀쩡하고 건강한 몸으로 돌아오면서 따라붙게 된, 정욕에 눈이 먼 시선들도 마음에 들지 않는다.

그리고 가장 마음에 들지 않는 것은.

"신?"

이 세계에 뿌리 깊게 박힌, 다수의 신앙이었다.

"내가 그딴 것을 어떻게 알아?"

사라는 얼굴을 일그러뜨리며 내뱉었다. 그녀는 신에 대해 알지도, 알아가고 싶은 마음도 없었다. 그 감정은 틀림없이 혐오에 가까웠다. 프로아에 살았을 적부터 그랬다. 그 세계에 신은 존재하지 않았다.

사라가 태어나고 자랐던 '교회'는 사교의 마녀를 성녀라 말하며 언젠가 이 죽어가는 세계를 정화하고 새로운 세계를 만들 것이라 가르쳤다. 하지만 사라에게 있어서 성녀는 마녀였고, 그 세계를 자기 손으로 직접 멸망시킨 장본인에 지나지 않았다.

"아니, 당신은 알고 있을 겁니다."

드레이브는 고개를 가로저으며 말했다. 그 목소리는 타인의 이해 따위는 용납하지 않는, 자기 자신만의 확신만으로 차 있었다.

"저는 당신이 누구인지 모릅니다. 하지만 당신의 존재가 평범하지 않다는 것은 알아요. 제가 섬기는 신이 당신을 특별하게 여기고 있다는 것도!"

드레이브의 언성이 높아졌다. 가장 용납할 수 없는 일은 바로 그것이었다. 신은 신다워야 한다. 그 누구도 차별해서는 안 된다. 만약 신이 특별하게 여기는 존재가 있다면, 그건 저 뭔지 모를 인간이 아닌. 사도인 드레이브 자신뿐이어야만 했다. 그렇기에 사도는 사도(使徒)인 것이다.

"못 알아 처먹을 소리 하지 마!"

사라의 목소리에 날이 섰다. 공기는 차갑게 얼어붙었고 그녀의 몸은 뜨겁게 달아올라 증기가 뿜어졌다.

"신? 하! 그게 정말 신인지도 모르겠지만, 정 모르겠거든 나한테 지랄하지 말고 네 신에게 직접 물어봐!"

"말을 조심하십시오."

드레이브의 얼굴이 싸늘하게 식었다. 이번이 벌써 몇 번째인지. 그는 섬기는 신과 마찬가지로 자비로웠으나, 그렇다고 해서 신에 대한 모욕을 계속 받아넘겨야 하는가?

드레이브는 허리춤의 검을 잡았다. 신을 모르는 인간에게 전도를 행하는 것 역시 사도의 역할일 터. 하나 지금은……

"신이 당신을 아끼고 있음을 감사히 여기십시오."

드레이브는 작은 목소리로 중얼거리며 몸을 돌렸다.

"상황이 여의치 않다는 것도."

짙은 어둠 너머에서 시선들이 불빛이 되어 켜지고 있었다.

'일부러?'

츠츠츳.

끊어진 은사가 힘없이 돌아왔다. 백현은 흔들리는 어둠 너머를 노려보았다. 어둠은 그의 눈으로도 꿰뚫어 볼 수가 없었다.

이런 종류의 어둠을 백현은 한 번 마주한 적이 있었다.

철혈궁. 무령의 왕좌가 있던 방. 신격을 잃은 무령이 웅크리고 있던 방의 어둠이, 이것과 똑같았다. 백현은 끊어진 은사의 끝을 노려보았다. 어둠이 덮쳐오기 직전…… 사라에게 쏘았던 은사다.

'우연이었나?'

솔직히 애매했다. 그 순간에 드레이브가 한 행동이 옳지 않았던 것은 아니기 때문이었다. 폭발해 덮쳐온 어둠은 틀림없는 폭력이었고, 사라나 드레이브는 괜찮더라도 그 바로 뒤에 있던 헌터들은 어둠이 내포한 위력을 감당할 수 없었다.

직전에 드레이브가 방패를 들어 올리지 않았더라면. 놈이 휘황찬란한 백광에 휘감겨, 뭔지 모를 권능을 펼치지 않았더라면. 놈의 바로 뒤에 있던 헌터들 상당수가 죽었을 것이다.

다만, 그 탓에 사라를 잡으려던 은사가 뚝 끊겨 버렸다.

그나마 다행인 것은, 서민식과 정수아를 붙잡은 은사가 끊기지 않고 연결되어 있다는 것이다.

백현은 천천히 왼손을 당겨보았다. 둘과 이어진 은사는 어둠 너머로 뻗어져 있었다.

하지만 그 거리가 가늠이 되지 않았다. 은사가 파르르 떨린다. 그들이 움직이고 있다는 증거였다.

"……여기는 어디야?"

백현이 있는 곳은 사라와 드레이브가 떨어진 곳과는 전혀 다른 곳이었다. 폐허는 보이지 않는다. 보이는 것은 오직 어둠뿐. 백현은 작게 혀를 차면서 파천신화공을 끌어 올렸다.

파츠츳!

부푼 호신강기가 어둠을 밀어낸다. 함께 확장된 기감이 은사가 이어진 곳으로 쏘아졌지만, 여전히 기감에는 아무것도 잡히지 않는다.

양자택일, 아니, 삼자택일이다. 어디에 있는지 모를 사라를 찾으러 갈지. 아니면 은사가 이어진 정수아나, 서민식을 찾으러 갈지.

선택은 쉬웠다. 백현은 사라의 힘을 믿었다. 정수아는 재생의 뱀의 예비 사도다. 둘 다 백현이 챙겨줄 만큼 약하지는 않았다.

하지만 서민식은 아니다. 그는 사라처럼 도원경에서 무공을 배운 것도 아니고, 정수아처럼 군주의 예비 사도인 것도 아니다. 지켜줘야 한다고……. 그런 생각을 하는 것은 아니었지만, 그래도 혹시 모르는 일 아닌가. 백현은 은사가 이어진 곳으로 움직였다.

눈을 떴을 때, 가장 먼저 느낀 것은 고약한 악취였다. 마치 몇 년은 묵은 것 같은 썩은 내가 코를 파고들고 속을 뒤흔들었다.

마음 같아서는 그 자리에서 토악질을 하고 싶었지만, 그 정도로 개념이 없지는 않았다. 서민식은 아랫입술을 씹으며 욕지기를 삼켰다.

'움직여야 하나? 아니면 그대로 있어야 하나······?'

눈만 뜨고서 주변을 둘러봤다. 정령을 불러내지도 않았다. 그는 시체 더미의 위에 누워 있었다. 정확히 말하자면, 시체와 머지않아 죽을 반 시체가 골고루 섞인 곳의 위에.

그 아래에는 몬스터들이 발을 질질 끌며 배회하고 있었다. 그들은 가끔 칼날처럼 날카로운 손톱으로 시체 더미를 푹푹 찔러댔는데, 그럴 때마다 작고 큰 비명이 들리곤 했다.

'확인 사살.'

서민식은 숨을 죽였다. 어둠이 터지고, 그 뒤에······.

'×발, 재수 ×도 없네.'

언제나 시끄럽게 떠들던 템페스트의 목소리가 그리웠다. 이런 최악의 상황임에도 그의 머릿속에는 템페스트의 목소리가 들리지 않고 있었다.

"우와악!"

널브러진 시체들 한복판에서 누군가가 벌떡 몸을 일으키더니 냅다 뛰기 시작했다. 누군가 했더니 탐색대에 참가했던 헌터였다. 헌터의 사지가 찢겨 죽는 것을 보고서, 서민식은 더욱 숨을 죽였다.

"흡."

하지만 대뜸 발목을 잡는 손에, 자신도 모르게 숨을 삼키는 소리를 내고 말았다. 다행히 놀라 내뱉은 소리는 입술 밖으로 나가지 않았다.

그때, 갑자기 숨이 턱 막히고 서민식의 몸이 시체 더미 안으로 쑥 빨려 들어갔다. 악취가 진동했지만, 그 안은 오히려 널찍하고 편안했다. 서민식은 경악하여 두 눈을 크게 떴다.

시체 더미 속, 억지로 만들어진 공간에 호센이 있었다. 고작 하루가 지났을 뿐인데, 호센은 서민식이 기억하던 모습과는 많이 달라져 있었다. 그의 두 눈은 다양한 색깔의 빛으로 얽혀 있었고, 얼굴은 시체와 큰 차이가 없을 정도로 창백했다. 호센은 경악한 서민식의 얼굴을 마주하며 입술에 올리고 있던 검지를 아래로 내렸다.

"……허억."

꽉 막혀 있던 숨통이 트였다. 서민식은 목을 잡고서 숨을 가다듬었다. 호센은 그런 서민식을 물끄러미 바라보았다.

서민식은 급히 주변을 둘러보았다. 갈기갈기 찢긴 시체의 파편이 둥둥 떠다니고 있었다. 정령을 통해 시체 더미 안에 임시로 공간을 만들어놓은 것이다.

"사, 살아 있었……."

"자네가 왜 여기 있나."

140 5

안도와 반가움에 목소리를 냈지만, 호셴은 서민식의 말을 끝까지 듣지 않았다. 되돌아온 것은 매정하다 싶을 정도로 싸늘한 질문이었다. 아니, 그것은 질문이라기보다는 추궁에 가까웠다. 서민식은 두 눈을 휘둥그레 뜨고서 호셴을 바라보았다.

"왜 여기에 있기는. 아저씨를 구하려고 왔……."

"자네는 여기에 있어서는 안 돼."

호셴이 중얼거렸다.

"다른 누구는 몰라도, 자네는 여기에 있어서는 안 돼. 절대로 안 돼. 절대로 절대로 절대로. 돌아가. 어서. 당장."

중얼중얼, 그 목소리가 뚝뚝 끊어진다. 서민식은 그런 호셴의 대답을 이해할 수가 없었다. 확실히, 꼴을 보면 지금의 서민식은 호셴을 돕기는커녕 되려 도움을 받은 입장이다. 이 빌어처먹을 상황에서 호셴을 도울 수 있는 것은 서민식이 아닌 백현이나 드레이브 같은 존재뿐이었다.

그렇다고는 해도. 서민식이 아는 호셴은, 저렇게까지 싸늘하게 말할 인물이 아니었다. 하루 사이에 많고 험한 일을 겪어 정신이 나가 버렸나? 그건 충분히 이해할 일이기는 했지만.

'아니.'

서민식은 호셴의 얼굴을 보았다. 창백하게 질린 호셴의 얼굴에는 표정이라 할 만한 것이 보이지 않았다. 그가 여태까지 낸 목소리도 마찬가지였다. 이 갑작스러운 만남에 대한 놀람도,

오지 말았어야 할 곳에 돌아온 것에 대한 질책도 없었다.

서민식은 호센의 눈동자를 보았다. 다양한 색이 계속해서 섞이는 그 눈동자는 마치 만화경을 정면으로 보는 것만 같았다. 그 순간, 서민식은 잊고 있었던 것을 깨달았다.

'저쪽으로 가!'

어제 그렇게 외치며 서민식을 정령으로 날려 버렸을 때, 호센의 눈은 지금과 마찬가지로 빛나고 있었음을.

"······무슨 일이 있었던 겁니까?"

이, 시체가 그득한 곳에 하루 동안 혼자. 언제 몬스터에게 발각될까 두려움에 떨며 숨을 죽이고, 기약 없는 구조대를 기다리는 것. 아니, 애당초 호센은 구조대 따위는 기다리지 않았을지도 모른다. 그는 단지 이곳에서, 다른 시체들보다 조금 늦게 찾아올 죽음을 준비하고 있었던 것일지도 모른다. 그건 어마어마한 정신의 스트레스다. 아무리 헌터로서 잔뼈가 굵다고 해도. 머리가 돌아버리기에 충분하다.

'미친 게 아니야.'

근거는 없었다. 하지만 서민식은 지금의 호센이 미친 것이 아니라 확신할 수 있었다. 게다가······.

서민식은 두근거리는 가슴을 손으로 짚었다.

'이게 대체 뭐야?'

심장이 이상하게 뛰고 있었다.

"자네를 여기서 내보내야 해."

호센의 입이 열렸다. 서민식은 자신의 것이 아닌 것처럼 뛰던 심장이 호센과 공명하는 것을 느꼈다. 번쩍거리는 호센의 두 눈이 더욱 강렬한 빛에 삼켜졌다.

눈자위를 넘어선 빛이 이글거리며 타올랐다. 호센은 숙이고 있던 몸을 활짝 일으키고서 양팔을 펼쳤다.

퍼엉!

시체 더미가 폭발했다. 피가 증발하고 살점이 가루가 되어 흩어졌다. 서민식은 폭발의 중심에서 눈을 부릅떴다. 터진 폭발은 서민식에게 그 어떤 위해도 끼치지 않았기에, 그는 가장 가까운 곳에서 폭발이 '어떻게' 터졌는지 볼 수 있었다.

폭발을 일으킨 것은 호센이었다. 서민식은 그것을 이해할 수가 없었다. 템페스트와 계약했다는 것. 그것은 마법, 그중에서 정령 마법에 입문하게 되었다는 뜻이다.

어비스의 13 군주 중 마법의 권능을 부여하는 이는 많지만, 템페스트의 권능 마법은 다른 군주들과 비교해 특별하다고 할 수 있다. 템페스트와 계약한 헌터는 직접 폭발을 일으킬 수 없다. 권능으로 불러온 정령에게 명령하여 폭발을 일으킨다.

'직접……?'

하지만 조금 전, 호센은 정령을 통해 폭발을 일으키지 않았다. 잘못 본 것이 아니었다. 조금 전의 폭발은 틀림없이 호센 본인이 일으킨 것이었다.

"끄에엑!"

"캬아악!"

몬스터들이 울부짖었다. 널브러진 시체들 사이를 배회하며 아직 숨이 붙은 이들의 숨통을 끊던 몬스터들은 공중에 둥실 뜬 호센을 올려보며 꽥꽥 악을 썼다.

그 순간에도 서민식은 호센의 곁에 있었다. 쿵쾅거리며 뛰는 심장은 서민식의 의지를 벗어나 호센의 심장과 공명하고 있었고, 몸은 보이지 않는 기류에 휘감겨 호센의 근처에서 멀어질 수 없었다.

"자네를 여기서 내보내야 해."

호센이 다시 한번 말했다. 여전히 그 목소리에는 일말의 감정도 실려 있지 않아서, 흡사 로봇이 말하는 것만 같았다.

'로봇?'

아니다. 서민식은 '이런' 존재를 잘 알고 있었다. 물론 '그 존재'와 대화를 나누어본 적은 없었지만, 로봇이라는 뜬금없는 비유보다는 어울렸다.

'정령.'

지금의 호센은 마치 정령 같았다.

악을 쓰던 몬스터들이 땅을 박차고 위로 튀어 올랐다. 그 수가 수십에 달했다. 서민식은 헉하고 숨을 삼켰다. 만화경처럼 번쩍거리는 호센의 눈동자가 빙글빙글 돌았다. 그의 손이 허공을 움켜쥐었다.

뿌드득!

공중으로 뛰어올랐던 수십 마리의 몬스터들이 동시에 꽈배기 신세가 되었다.

"자네를."

강력한 암시나, 혹은 주문처럼. 호센은 계속해서 같은 말을 되뇌었다.

꽈배기처럼 비틀렸어도 몬스터들은 아직 살아 있었다. 하지만 호센이 주먹을 쥐자, 수십 마리의 몬스터가 프레스기에 짓눌린 폐차처럼 납작하게 찌그러졌다. 그쯤 되면 재생력 따위는 무의미했다.

"여기서."

'맙소사.'

서민식은 믿을 수 없다는 눈으로 호센을 보았다. 지금 그가 보여주고 있는 힘은 바로 어제까지만 해도 허락되지 않은 힘이었다. 애당초 어제의 그에게 저런 힘이 있었더라면 이런 곤궁에 처하지도 않을 것이다.

'힘을 숨겼다? 왜?'

아무리 생각해도 그건 아닌 것 같았다. 그 상황에서 호셴이 힘을 숨길 이유 따위는 없었다. 거기서 또 납득이 되지 않는 것. 이런 힘을 가지고 있으면서 왜 호셴은 계속 여기에 남아 있었단 말인가?

"다, 당신. 대체 뭐야?"

"내보내야 해."

호셴은 여전히 똑같은 말을 중얼거렸다. 빙글빙글 돌아가는 만화경의 눈동자는 서민식이 아닌 먼 곳을 보고 있었다.

눈뿐만이 아니었다. 서민식은 호셴의 존재 자체가 이곳이 아닌 다른 먼 곳에 있는 것처럼 느꼈다. 그리고 여전히 서민식의 심장은 호셴과 공명하고 있었다.

'설마.'

서민식의 생각이 어딘가에 도달했다.

"아저씨. 설마 사도가 된 거예요?"

서민식은 비명처럼 외쳤다.

호셴은 그 질문에 긍정도 부정도 하지 않았다.

"자네를 여기서 내보내야 해."

호셴은 똑같은 말을 중얼거렸다.

6장
친숙한

움직임이 격해졌다. 은사가 팽팽히 당겨졌고, 백현은 그만큼 속도를 올렸다. 찐득한 어둠은 그 너머를 볼 수 없게 해주었지만, 눈앞을 막을지언정 백현이 나아가는 것을 막을 수는 없었다.

'뭔가 일어났어.'

기감은 막혔다. 하지만 요동치는 은사가, 서민식에게 무슨 일이 벌어졌음을 느끼게 해주었다.

백현은 가슴 속에서 불꽃이 끓는 것을 느꼈다. 서민식의 신변에 좋지 않은 일이 생겼다고 생각하고 싶지는 않았다. 만약 그렇게 생각하고, 그것이 사실이 되었을 때. 백현은 스스로를 통제할 자신이 없었다.

'빙빙 돌고 있어.'

은사가 이어진 방향으로 달린 지 꽤 되었는데, 좀처럼 거리가 좁혀지지 않는다. 아무리 길이 꼬여 있다 해도 백현의 속도라면 도착했어도 진즉에 도착했어야 했다.

'진법? 아니, 마법인가?'

이런 종류의 진법이 있다는 것을 들어본 적이 있기는 했지만, 겪어본 경험은 없었다.

백현이 도원경에서 싸운 상대 중에서는 이런 류의 진법에 능숙한 상대는 한 명도 없었다. 마법은 말할 것도 없다.

'다 부숴 버려?'

백현의 두 눈이 새빨갛게 물들었다.

뭔지도 모르고 대처법도 마땅히 없으니 휘둘릴 수밖에. 그럴 바엔 되든 안 되든 부수고 나아갈…….

[……가 당신을 지켜봅니다.]

머릿속에서 조그맣게 그런 소리가 들렸다. 철혈궁을 나오고서 처음으로 들었던 소리다. 그 당시에는 이 소리의 정체가 궁금했지만, 지금은 이딴 것을 궁금해할 때가 아니었다.

[……가 빛을 밝힙니다.]

핏.

그건 돌연히 일어난 일이었다. 백현의 눈앞에서 자그마한 빛이 나타나더니, 백현이 뛰는 속도보다 빠르게 앞으로 쏘아져 나갔다.

놀라운 일이었다. 지금의 백현은 전력으로 달리고 있었는데, 갑자기 나타난 빛은 백현의 속도보다 훨씬 빨랐다.

[……가 빛을 쫓으라고 소곤거립니다.]

'뭐야?'

저 멀리 간 빛이 어둠 속에서 껌벅거리고 있었다. 마치 이곳으로 오라 손짓하는 것만 같았다. 그 방향은 은사가 이어진 방향과 똑같았다.

'길을 안내해 주는 건가?'

백현은 잠깐 서서 빛을 노려보았다.

"하!"

머릿속에 들린 목소리도, 저 빛도. 뭔지 모르는 것임은 매한가지였지만, 백현은 빛을 쫓아 달렸다.

[……가 어둠을 흩뜨립니다.]

또다시 목소리가 들렸다.

우우우!

목소리의 내용 그대로였다. 주변을 가득 채우고 있던 어둠이 흐트러졌다. 그건 단순한 어둠이 아니었다. 이 공간 자체가 어둠으로 구성된, 신위(神威) 넘치는 결계였다.

일시적이나마 결계가 흔들린다. 그건 긴 시간은 아니었지만, 백현에게는 충분한 시간이었다.

많은 것을 보았다. 어둠 너머에서 백현은 사라와 드레이브를 보았다. 내심 걱정했는데 사라는 무사했다. 뭐가 그리 불만인지 표정은 짜증이 가득 차 있었지만, 덤벼오는 몬스터를 얼리고 불태우면서 짜증을 발산하고 있었다.

정수아도 보았다. 헤너를 포함한 몇몇 헌터들과 함께 이동하고 있었는데, 그녀 또한 상처 하나 없이 무사했다.

그리고, 뭔지 모를 것이 보였다. 꿈틀거리는 여섯 개의 살덩어리. 웅크리고 앉은 거대한 괴물. 괴물의 머리 위에 앉은 가면의 괴인.

"……어떻게 한 건가?"

백현과 괴인은 전혀 다른 공간에 있었지만, 서로 정확하게 의식했다. 눈구멍 하나 없는 가면은 괴인의 표정을 완벽하게 감추고 있었다. 하지만 괴인의 목소리는 크게 동요하여 떨리고 있었다.

"내가 어떻게 알아?"

백현은 그렇게 내뱉었다.

화악!

백현은 어둠에서 빠져나왔다. 그는 크게 숨을 삼키며 뒤를 돌아보았다. 조금 전까지 그가 헤매고 있던 어둠은 거대한 안개 무리와 같은 모습으로 아직까지 고여 있었다.

'쭉 저기 갇혀 있었던 거야.'

어쩐지. 백현은 쯧 혀를 찼다.

"무공만 잘한다고 다 되는 건 아니군."

저 어둠이 진법인지 마법인지는 알 수 없었지만, 분명한 것은 백현이 저런 류의 공격에 취약하다는 것이다.

"이걸 어디서 배울 수도 없고."

권능인 무공은 어떻게 배울 수 있었지만, 마법도 배울 수 있을까? 백현은 그런 생각을 하며 주변을 둘러보았다. 아까까지는 어둠밖에 안 보였지만, 지금은 많은 것이 보이고 있었다. 도시의 폐허. 호른익 밑에 이 정도 규모의 도시가 있었던 건가?

"……그래서."

백현은 고개를 돌렸다. 그를 이곳까지 인도해 준 빛의 밝기가 미약해지고 있었다.

"넌 대체 뭐야?"

[……가 눈을 감습니다.]

빛이 사라졌다. 백현은 잠시 우두커니 서서 혹시 모를 목소리를 기다렸지만, 목소리는 더 이상 들리지 않았다. 예전에 처음 들었을 때와 똑같았다.

철혈궁을 나오면서 이 목소리를 처음 들었을 때. 그때는 뭔지도 몰랐고, 별 관심도 없었다.

그랬던 것은 사실, 진한 허무감의 탓이 컸다. 그토록 기대했던 무령이, 신이라는 존재가 막상 신격을 잃으면 그토록 약해빠진 존재라는 것이. 쓰러뜨려 승리를 거두기는 했지만 아무런 감흥도 느낄 수가 없었다.

그 시점에서 어느 정도 회의감이 들었다. 스승이 추구했으나 되지 못했던. 그리고 백현이 언젠가 되기를 바라던 신은, 하찮기 짝이 없는 존재였다. 그 회의감 덕에 두 달 동안 어비스도 거의 드나들지 않았고, 나름대로 현실의 생활에 충실히 지냈다.

그러다 보니 자연스레 목소리에 대해서도 관심을 두지 않았다. 궁금증을 가져봤자 알 수 있는 것도 아니었으니까. 하지만 지금은 아니었다.

'누구지?'

목소리의 정체는 군주인가? 계약을 맺지 않은 내게 목소리를 전할 수 있는 군주가 존재한단 말인가?

목소리의 주인이 한 행동은 백현을 도운 것이었다. 그가 빛을 보내 백현을 인도해 주고, 어둠을 밝혀주지 않았더라면. 그는 아직까지 저 어둠을 헤매고 있었을 것이다.

'그 새끼는 여기서 또 뭘 하고 있는 거야?'

어둠이 흩어진 순간 괴인과 눈이 마주쳤었다.

백현은 꿈틀거리는 여섯 개의 살덩어리와 거대한 괴물을 떠올렸다. 이번에 호른에서 일어난 일에 괴인이 연관되어 있을 것임은 당연히 짐작했다. 저 어둠은 철혈궁에서도 겪어본 적이 있으니까.

콰아앙!

백현은 고민을 그만두었다. 커다란 폭발음이 도시를 뒤흔들었기 때문이다. 그 폭발의 근원지는 은사가 이어진 방향이었다.

"그만!"

서민식은 공중에 떠서 고함을 질렀다. 그는 몸을 구속하는 속박에서 벗어나기 위해 발버둥 쳤으나, 무의미한 발악이었다.

'왜 내가 아니고……'

정황상 호센이 템페스트의 사도가 된 것은 틀림없었다. 그 것도 예비 사도가 아닌 진짜 사도! 저 말도 안 되는 힘은 절대로 예비 사도 수준이 아니었다. 그는 템페스트라는 이름답게 손짓 하나로 폭풍을 일으키며 덤벼드는 몬스터를 갈기갈기 찢어버리고 있었다.

질투? 아주 없지는 않다. 템페스트의 목소리는 들리지 않고 있었지만, 솔직히 질투심이 든다. 어쩔 수 없는 일이다.

템페스트는 노골적으로 서민식을 총애하고 있었다. 게다가 서민식은 자신이 호센보다 레벨은 낮을지언정, 권능을 사용하는 것 자체는 낫다고 생각하고 있었다.

불이해 속에서 더 알 수 없는 것은 호센의 행동이다. 그는 여전히 똑같은 말을 되뇔 뿐, 서민식이 걸어오는 말에 대답하지 않았다.

'이건 대체 왜 이러는 거야?'

호센이 사도가 된 것? 질투가 나기는 하지만 뭐, 납득은 할 수 있다. 자격은 충분하니까. 하지만 지금의 이 무력감은 대체 뭔가? 몸에 제대로 힘이 들어가지 않는다. 정령을 불러내려 해 보지만 거의 반응이 없다.

간신히, 간신히 정령을 하나 불러냈지만. 서민식이 소환한 정령은 명령을 내리기도 전에 사라져 버렸다.

'사라진 게 아니야.'

빨려 들어갔다.

서민식은 호센을 쳐다보았다.

그는 똑같은 말을 중얼거리고 있었다.

"자네를 여기서."

만화경과 닮은 눈동자는 빙글빙글 돌며 빛을 내뿜고, 그 주변은 눈에 보일 정도로 맹렬한 바람이 휘몰아치고 있었다.

덤벼드는 몬스터들은 끝이 없었다. 곳곳에서 튀어나온 몬스터들은 저마다 다른 괴성을 지르며 뛰어올랐고, 호센이 일으킨 폭풍에 찢겨 죽었다.

그 힘은 도저히 인간의 힘이라 생각할 수가 없었다.

"자네를 여기서."

호센은 다시 한번 중얼거렸다. 하지만 그렇게 말하는 주제에, 그는 이 유적지에서 나갈 곳을 찾지 못하고 있었다.

"야!"

커다란 외침이 서민식의 귀를 때렸다. 서민식은 확- 하고 고개를 돌려 소리가 난 방향을 보았다. 옥상에 백현이 서 있었다.

"너 이 새끼! 어디에 가 있었던 거야?"

서민식은 반가워서 그렇게 외쳤다. 재회의 기쁨을 느끼는 것은 백현도 마찬가지였지만, 그는 무턱대고 서민식에게 다가갈 수 없었다.

"저건 또 뭐야?"

널브러진 몬스터의 시체 위에 떠 있는 호센과, 그 곁에서 버둥거리는 서민식. 백현은 작금의 상황을 도저히 이해할 수가 없었다.

아무리 보아도 저건 몬스터가 아니었다. 서민식을 제압해 곁에 두고 있기는 했지만, 호센의 행동은 서민식을 해치려는 것이 아니라 과하게 보호하기 위한 것처럼 보였다.

"호센이야!"

백현은 호센을 만난 적이 없었다. 하지만. 백현은 조금 굳은 얼굴로 호센을 응시했다. 놀라운 일이었다. 백현이 느끼는 호센의 힘은 이치를 아득히 벗어나 있었다.

"나 좀……."

서민식의 말이 끝나기 전에 호센이 손을 뻗었다.

콰아아!

몬스터를 찢어발겼던 폭풍이, 여전한 위력을 싣고서 백현에게 쏘아졌다. 백현은 흠칫 놀라 손을 앞으로 뻗었다.

꽈앙!

백현이 내지른 장력과 폭풍이 충돌했다.

"뭐 하는 거야?"

서민식이 고함을 질렀다. 하지만 호센은 서민식을 보지 않았다. 번쩍이는 눈은 백현을 노려보았다.

그 시선을 보고서 서민식은 흠칫 몸을 떨었다. 몬스터를 찢어 죽일 때. 호센의 눈은 어떠한 감정도 싣고 있지 않았다. 하지만 지금 호센의 눈은 명확한 적의를 띠고 있었다.

'왜?'

이해가 안 간다. 몬스터를 죽일 때도 보이지 않았던 적의가, 왜 백현을 공격하면서 나타난단 말인가?

"찾았다."

호센이 중얼거렸다. 여태까지 주문처럼 외던 말과 전혀 다른 말이었다.

"뭘 찾아?"

서민식은 급히 외쳤지만, 대답은 돌아오지 않았다. 대답 대신 호센은 서민식을 향해 손을 펼쳤다.

키이잉!

바람의 결계가 서민식의 몸을 휘감았다. 그로 인해 여태까지 서민식과 이어져 있던 은사가 끊어졌다.

"이 ×발 새끼야! 물어보면 대답 좀 하라고!"

악을 써대는 서민식이 호센에게서 멀어졌다. 호센은 서민식을 힐긋 본 뒤에 다시 백현을 노려보았다.

쿠오오오!

호센이 입은 로브가 크게 부풀어 펄럭거렸다.

"난 왜 공격하는 거야?"

노골적인 적의를 이해할 수 없는 것은 백현도 마찬가지였지만, 이번에도 호센은 대답하지 않았다.

백현은 서민식이 안전한 것을 확인한 뒤에 파천신화공을 운용했다. 이 상황을 이해할 수는 없었지만, 호센의 살의는 진실이었고 공격은 무시할 정도가 아니었다.

폭풍이 몰아쳤다. 호센이 일으킨 폭풍이다. 널브러진 몬스터의 시체들이 원형을 알아볼 수 없을 정도로 산산조각이 나고 땅거죽이 뒤집힌다. 폐허를 무너뜨리며 전진한 거대한 폭풍이 백현을 덮쳐왔다.

백현의 몸이 풍신천주와 낭아천섬의 강기에 휘감겼다. 건물을 무너뜨리며 도약한 백현은 덮치는 폭풍을 향해 정면으로 뛰어들었다.

쫘아아!

폭풍에 폭풍이 삼켜졌다.

'죽여야 하나?'

서민식의 은인인데. 일단 백현은 머릿속에서 잡념을 지워냈다. 폭풍의 중심은 고요하다지만 호센이 일으킨 폭풍의 중심은 결코 고요하지 않았다.

백현은 사방에서 찔러오는 바람의 칼날을 견제하며 호신강기를 부풀려 폭풍을 터뜨렸다.

만화경의 빛이 바뀐다.

콰드득!

지면이 솟구쳤다. 뭉친 흙이 거대한 주먹이 되어 백현의 몸을 때렸다. 백현은 허공에서 몸을 비틀어 아래로 주먹을 내리찍었다.

꽈앙!

흙이 뭉쳐 만들어진 주먹이 터졌다. 하지만 옆으로 퍼져 나간 흙이 서로 달라붙더니 백현의 몸을 삼키려 들었다.

육탄전에 익숙한 백현에게 이런 싸움은 처음이었다. 백현은 손에 모인 강기를 정면으로 뿌렸다. 흙의 장막이 찢기고 백현의 몸이 튀어 나갔다.

'저게 뭐야……?'

서민식은 바람의 결계 안에서 그것을 지켜보았다. 백현이 실제로 싸우는 것을 보는 것은 처음이었다. 저게 정말 군주와 계약하지 않은 인간이란 말인가? 그것도 경악스러운 일이었지만.

호센. 확실했다, 그는 정령을 소환해 싸우고 있지 않았다.

템페스트와 계약하고, 그 권능을 빌어 소환할 수 있는 정령은 네 종류로 나뉜다. 불, 물, 땅, 바람. 그 네 종류를 기본으로 하고, 권능의 격에 따라서 정령을 동시에 소환하거나, 더 많은 정령을 소환하거나, 더 강력한 정령을 소환하거나 하는 식으로 수준이 갈린다.

즉, 템페스트와 계약한 헌터는 철저한 '정령사'인 것이다. 그들은 정령을 소환하고 정령에게 명령을 내리는 존재이지, 직접 싸움을 하는 존재는 아니다.

'어떻게 저럴 수 있는 거야?'

지금의 호센은, 서민식이 여태까지 직접 경험해 온 '정령사' 의 싸움을 근간부터 부정하고 있었다. 그는 정령을 소환하지 않고서 직접 싸우고 있었고, 정령 대신에 직접 마법을 펼치고 있었다. 마치 스스로가 정령이 된 것처럼.

"이해할 수가 없군."

쾅, 꽈앙.

괴인은 멀찍이서 들리는 폭음을 무시하며 가면을 긁적거렸 다. 예상대로 흘러가지 않은 미래는 즐거운 일이지만, 그렇다고 는 해도 어느 정도 이해의 영역 안에 있어야 하는 일 아닌가.

"이해할 수가 없어."

이번에 일어난 일은 괴인이 이해할 수 있는 영역을 벗어나 있었다. 예상을 벗어났다는 것은 결국에는 예상한 범주 안에 있는 일인데 이번에 일어난 일은 전혀, 상상도 하지 못한 일이 었다.

퓨어세인트의 사도인 드레이브가 온 것. 재생의 뱀의 예비 사도인 정수아가 온 것. 호센이 갑작스레 템페스트의 사도로 선택된 것. 백현이 온 것. 모두 어느 정도 예상의 범주 안에 있던 일이다. 하필 강림의 장소가 호른이었고, 서민식이 휘말렸던 이상 서민식과 친밀한 관계였던 백현의 개입은 처음부터 상정해야만 했다.

사도? 말할 것도 없다. 드레이브, 아니, 퓨어세인트는 이 세계 인간의 신앙을 받기 위해 안달이 나 있다. 사도인 드레이브가 나서서 이 사태를 해결한다면 그만큼 퓨어세인트에 대한 지지도가 오를 테고, 그는 곧 퓨어세인트에 대한 신앙이 된다.

'호센이 사도가 된 것.'

괴인은 템페스트를 떠올렸다. 기억 속에 있는 광적인 폭풍의 군주와는 어울리지 않는 모습이기는 하지만, 템페스트는 이상할 정도로 서민식을 총애하고 있다. 당장 어제만 해도, 템페스트는 서민식이 위기에 처하자 그 즉시 호센을 사도로 선택하여 서민식을 이곳에서 탈출하게 만들었다. 정작 서민식을 사도로 선택하지 않은 이유쯤은 그 후 호센이 보여준 모습을 보면 어렵잖게 이해할 수 있는 일이다.

그래, 저것들은 모두 다 이해할 수 있다. 예상에 벗어났다고 할 것도 없었다.

'어떻게 한 거지?'

백현이 올 것이라고는 예상했지만, 날뛰게 두고 싶지는 않았다. 정확히 말하자면, 괴인은 그와 적대하고 싶지 않았다.

정수아와 드레이브를 죽임으로써 그들을 사도로 선택한 군주와 적대하게 되는 것은 상관없는 일이었으나, 백현과 적대하고 싶지는 않았다.

백현과 싸우는 것이 두렵기 때문은 아니었다. 단순한 기분의 문제였다. 괴인에게 있어서 백현은 즐거운 이레귤러였다.

만약 이곳에 괴인 혼자만 있었다면, 친히 자비를 베풀어 백현의 목숨을 거두지 않아도 되었겠지만. 이곳에 있는 것은 괴인뿐만이 아니었다.

그래서 직접 결계까지 만들어서 가두어놓았다. 영원히 가둘 수는 없더라도, 이 일이 끝날 때까지 가두기에는 충분할 것이라 생각했다.

그는 인간에서 서서히 탈각해 가고 있었으나, 아직까지 완전한 탈각은 이루지 못한 존재였다. 필멸자로 남아 초월성을 침범한 것은 실로 경이로운 일이었지만, 결국에는 아직 인간인 존재였다.

인간인 이상 신의(神意)로 이룬 결계를 탈출하는 것은 절대로 불가능하다. 하물며 백현의 힘은 무(武)에서 비롯된 것, 마도(魔道)와 술법(術法)에 대한 지식도 없는 백현이 빠져나오는 것은 불가능하다. 불가능해야 했다.

'그런데 빠져나왔다. 어떻게?'

어둠 속에서 백현을 인도하던 빛. 결계를 통째로 흩뜨리던

5

힘. 이해할 수 없는 일이지만 왠지 친숙한 힘.

괴인은 고개를 돌려 폭발음이 들려오는 곳을 보았다. 그곳에 있는 것은 백현일 텐데, 이상할 정도로 친숙함이 느껴졌다.

'허.'

기분 탓, 혹은 착각. 그런 것 치고는 지나치게 선명했다. 친숙함. 그래, 그것은 고작 그 정도의 기분이었다. 어디선가 만난 적이 있는 것만 같은 기분. 그건 '본질'에 대한 친숙함이었다. 그래서 굉장히 묘했다.

괴인은 이전에도 백현을 만나본 적이 있었다. 철혈궁. 그곳에서 백현을 만났을 때, 호감은 느꼈으나 친숙함은 없었다.

그건 당연했다. 이 세상에서 지금의 괴인이 친숙함을 느낄 수 있는 존재는 없었다. 이 혼돈이 가득 찬 어비스에서도 괴인은 유일하여 고독한 존재였다.

'호센의 적의도 이것 때문인가?'

템페스트의 사도가 된 지금의 호센이, 괴인이 생각한 존재가 되어버렸다면. 호센에게 정상적인 사고는 불가능하다. '저것'은 내려진 암시를 따르는 꼭두각시에 지나지 않다.

하물며 이 공간은 혼돈으로 가득 차, 외차원과 단절되어 있다. 그 말은 즉 군주의 개입이 불가능하다는 뜻이다.

그렇기 때문에 호센은 미리 내려진 명령에 따라 움직일 수밖에 없다. 그에게 내려진 절대명령은 서민식을 이곳에서 내보내는 것과 서민식에게 전해지는 위협을 철저하게 배제하는 것일 터.

괴인이 느끼고 있는 알 수 없는 친숙함을 호센도 느끼고 있다면. 스스로 사고하여 판단할 수 없는 호센으로서는, 백현이 무슨 말을 하고 어떤 행동을 하건 간에 그를 '적'으로서 인식할 수밖에 없다.

"끔찍하군."

'안타깝고.'

괴인은 쯧쯧 혀를 찼다. 템페스트의 사도가 된다는 것이 설마 저런 존재가 된다는 것을 의미할 줄이야.

'강력하긴 하군. 제대로 다루지도 못하는 힘이라지만.'

정령이 된다는 것은 비참한 일이다. 정령에게 자의식은 없다. 가질 필요가 없기 때문이다. 모든 정령은 템페스트의 명령을 따르는 충실한 종에 지나지 않는다.

군주 단일의 힘만을 따지자면, 템페스트는 어비스의 모든 군주 중에서 한 손에 꼽힐 만한 힘을 이룩한 막강한 군주다. 문제는 그 어마어마한 힘을 템페스트 본인도 온전히 감당하지 못한다는 것이다.

결국, 모든 정령은, 너무 거대한 힘을 가진 템페스트가 자신의 힘을 분산시키기 위해 만들어낸 분신체다.

사도 역시 마찬가지다. 사도란 템페스트와 가장 긴밀히 연결되고, 템페스트에게 가장 많은 힘을 받는 존재. 인간성? 자아? 유지할 수 있을 리가 없다. 사도가 된 순간부터 정령화가 시작된다.

'애초에 그걸 정령이라고 할 수도 없겠지만.'

애당초 템페스트 본인뿐만이 아니라, 그에 종속된 모든 정령은 '진짜' 정령이라고 할 수조차 없다. 어째서 정령이라는 거짓말을 늘어놓고 있는 것인지는 모르겠지만.

괴인은 호기심을 떨쳐내지 못하고 폭발음이 울리는 곳을 한동안 바라보았다. 마음 같아서는 직접 가서 친숙함의 정체를 확인하고 싶었다. 하지만 당장 그럴 수는 없었다. 아직 끝나지 않았다.

"에잉……."

괴인은 혀를 차면서 아래를 내려 보았다. 그의 발아래에는 흉측하고 거대한 괴물의 머리가 있었다. 괴물은 자신의 정수리를 괴인의 발판으로 내어주고 있었으나, 작은 불만도 표출하지 않고 있었다.

괴인은 묵묵히 웅크리고 앉은 괴물에게 동정 어린 시선을 주었다. 한때 한 차원에서 최상위 포식자로 군림하고, 어비스에 들어와 혼돈의 근원조차 씹어 삼키겠다며 날뛰던 괴물.

"키마이라. 설마 내가 이렇게 자네의 머리 위에 서게 될 것이라고 상상이나 했겠나?"

괴인은 끌끌 웃으며 물었지만, 대답은 돌아오지 않았다. 한때는 동등한 신격이었을지 몰라도, 지금은 아니다. 지금의 키마이라는 과거 어비스에서 날뛰던 20 군주와 같은 존재가 아니었다.

타락이란 그런 것이다. 무령의 죽음으로 어비스가 흔들리지 않았더라면 이 장소를 찾아내지도 못했을 것이다.

'고치'는 이 장소 한 곳에 모여 있었고, '멈춰'있었다. 마치 긴 잠에 빠진 것처럼.

잠에서 깨우고 즐거운 마음으로 기다렸지만, 첫 수확은 실패로 끝났고, 실망만 그득히 남았다.

혼돈의 근원을 뱃속에 처넣겠노라 호언장담하던 키마이라는 혼돈의 근원은커녕 자신의 타락조차 이겨내지 못했다. 타락한 일곱 군주 중 그는 가장 먼저 고치를 찢고 나왔으나, 신격과 자아를 상실한 괴물로 몰락해 있었다.

'남은 여섯.'

전부 다 자신처럼 될 수 있으리란 기대는 애초부터 하지 않았다. 혼돈을 이해하고, 융화하고, 합일하는 것은 절대로 쉬운 것이 아니니까.

애당초 괴인과 저들은 입장이 다르다. 괴인은 혼돈에 침식된 것이 아니라 직접 혼돈을 받아들였고, 저들은 일방적으로 침식되어 타락했다. 그래도 어쩌면.

"자네의 권속들은 약해 빠졌군."

툭.

괴인은 키마이라의 머리를 발로 짓밟으며 투덜거렸다.

"어쩔 수 없는 일이지. 군주가 이런 꼴이 되었으니 말이야. 아니면 상대가 너무 강했나?"

괴인은 키마이라의 머리에서 훌쩍 뛰어내렸다. 키마이라는 여전히 웅크리고 앉아 괴인을 내려다보았다. 괴인은 턱을 어루만지며 키마이라를 올려보았다.

"가서 시간이나 끌도록 하게. 나는 아직 움직일 수가 없으니."

괴인의 말에 키마이라가 천천히 몸을 돌렸다. 뚜둑거리는 소리와 함께 키마이라의 다리 근육이 크게 부풀어 올랐다.

쫘앙!

키마이라가 땅을 박찼다. 키마이라는 순식간에 시야 밖으로 사라졌고, 괴인은 너털웃음을 흘렸다.

"자, 그럼."

괴인은 빙글 몸을 돌렸다. 꿈틀거리는 여섯 개의 고치를 보며 그는 양손을 비볐다. 그의 등 뒤에 열린 혼돈의 문에서 어둠이 끓어 넘쳤다.

마음은 급할지언정 서둘러서는 안 되었다. 무령에게는 애초부터 큰 기대를 하지 않았지만, 지금은 아니다.

'천천히……'

조심스럽게, 어미 새가 새끼 새에게 먹이를 주듯이. 괴인은 꿈틀거리는 살덩이들에 어둠을 흘려 보냈다.

"백현이야."

시끄러운 폭발음뿐만이 아니다. 이 정도로 강렬한 기를 발산할 수 있는 것은 백현 말고 없다. 사라는 환한 표정으로 폭발음이 들리는 곳을 바라보았다. 줄곧 기가 감지되지 않아 걱정했는데, 큰 문제는 없었던 모양이다.

"누구지?"

드레이브가 작은 목소리로 중얼거렸다. 그 역시 폭발음이 들리는 방향을 보고 있었다.

백현이 싸우고 있는 것은 드레이브도 느끼고 있었지만, 그 상대를 알 수가 없었다. 이 폐허에서 저리도 요란하게 싸울 만한 상대가 있단 말인가?

'없다.'

드레이브와 사라의 근처에는 수십을 아득히 넘는 몬스터들의 시체가 널브러져 있었다. 보이는 시체만 그 정도였고, 시체조차 남기지 못한 몬스터는 훨씬 많았다. 일반 헌터에겐 끔찍이 여겨지는 몬스터라지만, 둘에게는 대수롭지 않은 상대였다.

"내가 어떻게 알아? 가보면 알겠……."

잠깐 같이 싸우기는 했지만, 전우애 따위는 없었다. 사라는 쌀쌀맞은 목소리로 대꾸하고서 발을 떼려 했다.

그건 돌연했다. 백현의 기가 갑자기 느껴진 것처럼. 갑자기 느껴졌고, 다가왔다.

사라는 흠칫 놀라 고개를 돌렸다. 고요한 눈으로 사라를 응시하고 있던 드레이브도 재빠르게 고개를 돌렸다. 그들이 본 것은 뒤편의 상공이었다. 날아오는 괴물은 먼 거리를 감안하더라도 너무 컸다. 게다가 그 속도가 믿을 수 없을 정도로 빨랐다. 드레이브는 말브론을 땅에 내리찍어 그 뒤에 몸을 숨겼고, 사라는 급히 뒤로 뛰어올랐다.

쫘아앙!

키마이라의 거체가 지면에 도달했다. 그는 정확한 자세로 착지했지만, 그 거대한 크기가 불러온 여파는 추락과 충돌이라 하는 편이 옳았다. 주변 건물이 죄다 무너졌고 거대한 폭풍이 몰아닥쳤다.

"저건 또 뭐야?"

사라는 키마이라를 보며 비명을 질렀다. 말브론과 금색 결계에 보호받고 있던 드레이브는 고개를 들어 키마이라를 보았다. 무너져 움푹 들어간 지면에 처박힌 키마이라는, 그럼에도 그 키가 수십 미터에 달해 보였다.

저 정도 크기의 몬스터를 보는 것은 처음이었기에 사라의 입이 쩍 벌어졌다.

'몬스터? 아니, 아니야.'

그런 하찮은 존재가 아니다. 드레이브는 싸늘하게 식은 눈으로 웅크린 몸을 펴는 키마이라를 노려보았다. 수십 미터에 달하는 덩치는, 드레이브가 여태까지 마주치고 죽여왔던 그 어떤 몬스터보다 거대했다.

단순히 크기만 한 것이 아니다. 드레이브는 키마이라에게서 느껴지는 일그러진 존재의 격을 느꼈다.

거대한 눈동자가 사라와 드레이브를 동시에 포착했다.

공중에 뜬 사라는 천천히 뒤로 물러섰다. 갑자기 나타난 괴물의 정체 따위는 알 바가 아니었다. 귀찮아질 것이 뻔하니, 뒤처리는 드레이브에게 맡기고서 몸을 뺄 생각이었다.

그렇게 판단하고 움직이기 전에.

꽈앙!

키마이라의 꼬리가 그 덩치에 어울리지 않는 속도로 움직여, 사라의 몸을 후려쳤다.

조금 아팠다. 너무 빨라서 피하기에는 늦었고, 방어를 택했다. 사라는 등판의 욱신거림을 느끼며, 몸을 짓누르고 있는 건물의 잔해를 손으로 들췄다.

"어……"

사라의 눈이 파르르 떨리고, 가뜩이나 핏기가 없어 창백한 얼굴이 파리하게 질렸다. 공격을 막은 어깨와 팔뚝 부분의 옷감이 크게 찢어져 맨살이 보이고 있었다.

얻어맞아 날아간 것과 등이 아픈 것, 맨살이 보인 것. 그런 하찮은 것이 문제가 아니었다. 그딴 것보다 옷이 찢어졌다는 것이 사라의 분노를 일으켰다. 이 오래되어 낡아 빠진 져지는 백현에게 선물 받은 옷이었다.

"이…… ×발……."

푸들거리며 떨리는 입술 사이에서 욕이 튀어나왔다. 얼어붙은 공기가 새하얗게 변하고, 사라의 몸이 발갛게 달아올랐다.

"개새끼야!"

분노에 가득 찬 사자후가 쩌렁쩌렁 울렸다.

꽈앙!

연속으로 터진 폭발이 백현을 추격했고, 갑작스러운 커다란 폭발. 그건 벗어나기에는 너무 컸다. 결국에는 휘말릴 수밖에. 백현은 시뻘건 화염의 중심에서 뒤로 쭈욱 밀려났다. 하나 멀리 갈 수도 없었다. 역방향으로 몰아친 바람이 백현의 몸을 밀쳤다. 그건 공격이기도 했다.

몸을 휘감은 호신강기만 없었다면, 이미 백현의 몸은 거듭된 폭발에 몇 번은 터지고 바람의 칼날에 갈기갈기 찢겼을 것이다.

"개새끼야!"

서민식은 호센을 향해 고래고래 악을 썼다. 스스로 정령이라도 된 것처럼 계속해서 마법을 난사하는 호센은, 백현이 숨 돌릴 틈도 주지 않고 있었다.

백현의 능력은 확실히 대단했으나, 서민식이 보기에는 호센이 더 강했다. 간신히 버티고 있다 뿐이지, 이대로 가다가는 호센의 손에 백현이 죽을 것이 분명해 보였다.

"작작 처하라고! ×발 놈아! 대체 왜 그러는 거야!"

"찾았다. 찾았다."

호센은 똑같은 말을 되뇌며 계속해서 양손을 움직였다. 폭풍이 백현을 휘감고 그 안에서 화염이 똬리를 틀었다.

콰르르!

화염의 폭풍이 하늘을 수놓았다.

"으아아아!"

서민식은 목이 쉬어라 비명을 질렀다. 대체 일이 왜 이렇게 되었단 말인가. 왜 호센이 백현을 공격한단 말인가?

'왜 나는 여기서 이러고 있는 거야?'

가장 끔찍한 것은, 자신이 아무것도 할 수 없다는 것이다.

서민식은 뿌드득 아랫입술을 씹었다. 터진 입술에서 피가 뚝뚝 흘렀다.

"아오."

작은 목소리. 꾹 억누른 감정을 터뜨리면서 내뱉은 것만 같은 소리였다.

"못 해먹겠네, 진짜."

화염 폭풍이 폭발했다. 그 즉시 호센은 손을 휘둘러 다시 마법을 펼치려 했지만, 마법이 현상으로써 발현되기 전에. 폭발 속에서 쏘아진 강기구가 호센을 덮쳤다.

퍼버벙!

연이은 폭음과 함께 호센의 몸이 뒤로 밀려났지만, 두터운 물의 장막과 바람의 결계가 호센의 몸을 완벽하게 보호했다.

그거로 충분했다. 과해 넘치는 위력에 비해 단순하기 짝이 없는 공격들. 그걸 굳이 맞아 버텨주면서 기다려 주었다.

뭔 상황인지는 모르겠지만, 작은 오해가 있는 것이 아닐까 싶어서. 어쩌면 일시적인 폭주 같은 것일 수도 있으니, 한동안 날뛰게 내버려 두면 진이 빠져 멈출지도 모른다 생각하기도 했다. 호센과 개인적인 친분 따위는 없었지만, 그래도 친구인 서민식의 은인이었기에.

하지만 그것도 여기까지다. 더 이상은 못 해먹겠다. 백현은 출렁거리는 물의 결계를 노리고 손바닥을 내밀었다.

"민식아."

딱히 대답을 기대하지는 않으면서.

"죽이진 않도록 조심해 볼게."

아무리 그래도 사람이긴 하니까. 맞고만 있으면 화가 쌓일 수밖에 없다. 답답함과 짜증이 가득 실린 목소리에 서민식의 입이 벌어졌다.

푸확!

백현이 뻗은 일장이 호센의 몸을 휘감고 있던 물의 결계를 터뜨렸다. 그는 아직 남은 바람의 결계를 향해 반대쪽 손을 무식하게 찔러 넣었다.

콰가각!

날카로운 바람이 백현의 팔을 찢으려 들었지만, 팔에 집중시킨 호신강기가 바람을 견뎌냈다.

굳이 타격을 주먹으로 직접 박아 넣을 필요는 없었다. 손이 닿을 거리는 아니었지만, 백현은 손끝을 튕겼다.

둔탁한 소리와 함께 호센의 턱이 뒤로 젖혀졌다. 검지 끝에서 쏘아진 탄지공이 그의 턱을 정확히 때려 갈긴 것이다. 어지간한 존재라면 이 일격으로 의식이 끊기겠지만, 호센은 비명 소리 하나 내지 않고 젖혀진 머리를 확- 하고 내렸다.

호센이 다시 손을 움직이려 했다. 하지만 그러기 전에 아라크네에서 쏘아진 은사가 호센의 손목을 휘감았다. 강기를 불어넣어 절단할 수도 있겠지만, 아무래도 그건 좀 너무 하다 싶었다.

강하게 압박을 가한 은사가 당겨졌다. 호센의 손목이 뿌득거리는 소리를 내며 꺾였다. 백현은 은사를 풀지 않고 더 강하게 당겼다. 손목이 잡힌 호센의 몸이 팽그르 돌았다.

뻐억!

내지른 주먹이 호센의 얼굴을 갈겼다. 그 충격에 호센의 몸이 뒤로 밀려난다. 아니, 밀려나지 않는다. 은밀히 흘려보낸 얇은 은사가 호센의 허리를 감고 있었기 때문이다. 애당초 백현이 발렌시아에게 아라크네를 요구했던 것은 '이렇게' 써먹을 무기가 필요했기 때문이다.

서민식은 벌린 입을 아직도 다물지 못하고, 백현이 호센을 두들겨 패는 것을 쳐다보았다.

조금 전까지만 해도 서민식은 백현의 죽음을 상상하며, 아무것도 하지 못하고 있는 자기 자신에게 분노를 느끼고 있었다. 그런데. 지금 보고 있는 건 대체 뭐란 말인가? 서민식은 복날 개처럼 얻어맞는 호센을 보며 할 말을 잃었다.

"야……. 야, 잠깐."

서민식은 뒤늦게 정신을 차렸다. 그의 상식과 개념으로는 도저히 이해할 수 없는 일이긴 했지만, 애당초 그의 절친한 친구는 그따위 상식과 개념으로 이해할 수 있는 존재가 아니었다.

"주…… 죽이지는 마. 어? 죽이지는 말라고."

호센이 왜 저렇게 되었는지는 모르겠지만. 일단 호센이 서민식의 목숨을 구해주었고, 지금까지 그를 보호해 주었던 것은 사실이다. 물론 그 방법이라는 것이 굉장히 열받는 식이기는 했지만 말이다.

백현이 호센을 죽이지 않고 제압하는 것은 충분히 가능해 보였기에, 서민식은 얼떨떨한 목소리로 그렇게 말했다.

짜증이 폭발하기는 했지만 죽일 생각까지는 없었다. 백현은 은사를 휘둘러 호센의 몸을 땅에 내리찍었다. 호센의 몸이 크게 들썩거리며 벌린 입에서 피가 뿜어졌다.

그는 어떻게든 몸을 일으키려 했지만, 몸은 그의 의지대로 움직여 주지 않았다.

"후우!"

속이 뻥 뚫리는 기분을 느끼며, 백현은 아래로 내려왔다. 바닥에 널브러진 호센은 여전히 적의에 가득 찬 눈으로 백현을 노려보고 있었다. 백현은 굳이 다가가지 않고 은사를 당겼다. 그러자 호센의 몸이 확 하고 백현에게 날아왔다.

뻐억!

휘두른 주먹이 호센의 턱주가리를 갈겼다. 그 일격으로 호센의 턱관절이 비틀렸다. 만화경처럼 번쩍거리던 호센의 눈에서 빛이 희미하게 변했고, 이윽고 완전히 꺼졌다.

백현은 호센의 몸이 축 늘어진 것을 확인하고, 혹시 몰라 혈도까지 점했다.

"×발!"

바닥에 떨어진 서민식이 엉덩방아를 찧었다. 백현은 엉덩이를 붙잡고서 몸을 일으키는 서민식을 보며 혀를 찼다.

"넌 비명 소리도 욕이냐?"

"아프면 욕 좀 할 수도 있지!"

서민식은 그렇게 내뱉으면서 백현에게 다가갔다. 그는 축 늘어진 호센을 보면서 복잡한 표정을 지었다.

"죽은 거 아냐?"

"안 죽었어. 야, 그보다 대체 무슨 일이야? 이 아저씨는 왜 눈깔 뒤집고 날 죽이려 드는 건데?"

"그건 내가 물어볼 말이지. 너 나 모르게 저 아저씨랑 뭔 일 있었냐?"

"오늘 처음 봤는데 일은 무슨."

"그냥 네가 ×같아서 그런가?"

서민식은 아직까지 욱신거리는 엉덩이를 어루만지며 중얼거렸다. 백현은 그 실없는 말을 무시하고서 고개를 돌렸다.

쿠웅. 쿠우웅.

멀리서 소리가 들린다. 싸움이 끝나가고 있었다.

'누구였지?'

아까부터 사라가 싸우고 있다는 것은 안다. 드레이브의 기도 느껴졌다. 하지만 대체 누구와? 백현이 이해할 수 없는 것은 저 둘과 싸움을 벌인 '하나'였다.

방금 전에 싸움이 끝난 모양이긴 했지만, 이 폐허에 사도인 드레이브와 사라를 이 정도나마 동시에 상대할 수 있는 존재가 있단 말인가?

'설마 그 새끼?'

가면을 쓴 놈, 아니, 전혀 다르다. 만약 싸우고 있는 것이 괴인이라면 백현이 알아차리지 못할 리가 없었고, 벌써 싸움이 끝나지도 않았을 것이다. 싸움이 성립되었을지조차 의문이고.

백현은 아까 전에 보았던, 괴인이 발밑에 두고 있던 괴물을 떠올렸다. 그리고 그 앞에서 꿈틀거리던 여섯 개의 살덩어리도. 그건 철혈궁에서 보았던 것과 똑같았다. 크기가 더 크고, 더 기분 나쁘게 생기기는 했지만.

여섯 개…… 여섯 개. 그리고 괴물.

'일곱.'

"민식아."

백현은 서민식을 돌아보았다.

서민식은 두 눈을 감고 정신을 집중하고 있었다. 조금 전까지만 해도 정령을 소환할 수가 없었고, 기껏 소환한 정령도 호센에게 빨려 들어갔다.

호센이 의식을 잃은 것을 보고 혹시나 해 다시 해보았는데, 평소와는 감각이 조금 유별났다. 원래는 숨 쉬는 것처럼 자연스럽게 정령을 소환할 수 있었는데.

'됐다.'

척추에 찌릿, 하고 전류가 흘렀다. 꽉 닫혀 있던 문이 열린 것만 같은 기분이었다. 서민식은 크게 숨을 내뱉으면서 감았던 눈을 떴다. 그는 자신의 주변을 떠다니는 정령들을 확인하고서 백현을 돌아보았다.

"나 불렀냐?"

"······넌 그냥 밖으로······."

"꺼져, 안 가."

서민식은 끝까지 듣지도 않고서 백현의 말을 끊었다.

"네가 보기에는 ×밥일지 몰라도, 앞가림 정도는 할 수 있어. 정 안 되겠다 싶으면 튈 테니까, 벌써부터 지랄하지 마."

서민식도 알고 있었다. 백현이 보여준 힘에 비하자면, 그의 힘은 그리 대단하지 않았다. 그는 사도도 뭣도 아니니까. 그렇다고 벌써부터 못남을 인정하고 돌아가고 싶지 않았을 뿐이다.

백현이 아무리 괴물처럼 강하다고 해도 서민식에게 있어서 백현은 가장 오래된 친구였다. 놈이 아무리 먼 곳에 가버렸다고 해도, 그 거리를 인정하고 싶지 않았다.

설령 아무것도 할 수 없다 해도. 여기서 해보지도 않고 도망쳐 버린다면.

　'그런 쪽을 당하느니 뒈지는 게 낫지.'

　백현은 몸을 돌린 서민식의 등을 쳐다보았다. 예상대로의 반응이었다. 어린 시절, 고아원 출신이라는 그리 자랑스럽지도 않은 배경을 갖고서도 자존심 하나로 버티던 놈이다.

　"야."

　백현은 서민식의 등을 쳐다보며 말했다.

　"뻘짓하다 무리하지 마라."

　"너나 하지 마, 새끼야."

　서민식은 피식 웃으면서 말했다. 두근거리면서 뛰는 심장이 평소와 조금 다른 기분이 들었다.

7장
마룡왕

'미친.'

솔직히 기가 질렸다.

드레이브는 우두커니 서서 앞을 보았다.

사라는 통째로 잡아 뜯은 괴물의 머리 앞에 서 있었다. 그녀는 괴물의 눈에 깊이 박힌 주먹을 뽑아내고, 피와 체액에 흠뻑 젖은 팔을 내려 보며 질색이라는 표정을 지었다.

"으으."

사라는 작은 신음을 흘리며 손을 휘둘렀다. 괴물의 머리에 하얀 서리가 가득 끼면서 얼어붙었고.

쩌엉!

이윽고 산산조각이 났다.

드레이브는 그 광경을 보며 헛웃음을 흘렸다.

대체 저게 뭐란 말인가? 백현은 사라를 두고서 자신과 같은 존재라고 했다. 그렇다면 저것 역시 무공인가? 뭔 놈의 무공이 불꽃을 내뿜고 폭발을 일으키며 손에 닿는 것을 모조리 얼려 버린단 말인가? 드레이브가 보기에 사라의 백설염화천무는 무공이 아니라 마법에 가까워 보였다.

괴물은 강했다. 그건 틀림없는 사실이었다. 드레이브는 여태까지 셀 수 없이 많은 몬스터를 만나고, 사냥해 왔지만. 저만큼이나 강력한 몬스터가 존재할 것이라고는 생각조차 해본 적이 없었다.

'몬스터가 맞는 건지도 모르겠지만.'

드레이브는 그런 생각을 하면서 사라에게 다가갔다. 조금 전까지 키마이라의 턱을 잡아 뜯고, 머리를 뽑아버린 뒤에 저 거대한 눈알에 주먹까지 박아 넣었던 그녀는 언제 그랬냐는 듯 울상을 짓고 있었다.

"왜 그러고 있습니까?"

"……옷."

사라가 작은 목소리로 중얼거렸다.

"옷?"

드레이브는 눈썹을 찡그리며 사라를 쳐다보았다.

사라의 차림은 엉망이긴 했다. 위에 걸친 져지는 양팔 소매가 아예 남아 있지 않았다. 사라의 몸이야 백설염화천무의 강렬한 화염강기에 불탈 일이 없지만, 입은 옷까지 불타지 않는 것은 아니기 때문이다. 오히려 양팔 소매만 타버린 것이 다행이었다.

"이 새끼 때문이야."

사라는 산산조각이 난 키마이라의 머리를 돌아보면서 어깨를 바르르 떨었다. 그녀의 져지가 타버린 것은 키마이라의 공격 때문이 아니라, 전부 사라가 자초한 일이었지만. 사라는 그런 생각은 전혀 하지 않고 있었다.

"······윽."

사라는 백현의 기가 다가오는 것을 느끼고서 흠칫 어깨를 움츠렸다. 그녀는 어떻게든 타버린 져지의 소매를 당겨서 내리려 했지만, 어깻죽지까지 타서 겨드랑이가 훤히 보이는데 내릴 소매가 있을 리 없었다.

"뭐 하는 겁니까?"

"너, 너. 이거랑 똑같은 옷 없어?"

"있을 리가······."

"그····· 네 신한테 달라고 해봐!"

"말이 되는 소리를 하십시오."

"신이라면서 그런 것도 못 해?"

사라가 내뱉는 말에 드레이브의 눈썹이 꿈틀거렸다. 하지만 사라는 드레이브의 표정이 바뀌건 말건 신경도 쓰지 않았다. 그녀가 걱정하는 것은, 기껏 선물해 준 옷이 엉망이 된 것을 두고 백현이 화를 내지 않을까 하는 것뿐이었다.

"너 왜 그래?"

들리는 목소리에 사라의 몸이 부르르 떨렸다. 그녀는 뻣뻣한 목을 돌려 소리가 난 방향을 바라보았다.

"……무슨 일이 있었던 겁니까?"

이해할 수 없는 일투성이다. 드레이브는 정신을 잃고서 하늘에 둥둥 떠 있는 호센을 넋을 잃고 쳐다보았다.

"죽었군."

'시간 끌기는 되었나.'

괴인은 키마이라의 존재가 사라진 것에 동정과 연민, 씁쓸함을 느꼈다.

그럴 수밖에 없었다. 그는 10년 전의 어비스를 안다. 13명의 군주가 20명이었을 때를 알고 있다. 괴인은 그 시절에 포악한 신격이었던 키마이라를 기억하고 있었다.

타락하고, 신격을 잃고, 자아마저 잃었다. 결국, 남은 것은 신격이었던 존재의 거죽을 뒤집어쓴 괴물뿐. 추앙받던 신격이 단순한 괴물로 몰락하여, 강신조차 하지 않은 사도와 인간에게 사냥 되었다는 사실은 괴인이 씁쓸히 여기기에 충분한 일이었다.

"뭘 기대했던 것이오?"

이죽거리는 목소리에 괴인은 고개를 돌렸다.

쩍 벌어진 살덩어리의 안에, 아무것도 입지 않은 여자가 다리를 꼬고 앉아 있었다.

"그래 봤자 몸뚱이밖에 남지 않은 놈이었거늘."

여자는 그렇게 말하며 킬킬 웃었다.

그 말을 들으면서 괴인은 빙긋 미소 지었다. 그녀가 저렇게 존재하게 되었음만으로 키마이라의 죽음은 가치를 갖게 되었다. 시간 끌기의 역할은 훌륭히 완수된 것이다.

"기분은 조금 나아진 겐가?"

"아직 오랜 잠에서 덜 깬 기분이긴 하오. 뭐, 자각도 없이 퍼질러 자고 있는 것보다는 낫지만 말이오."

여자는 그렇게 말하면서 쭈욱 기지개를 켰다.

"해서, 그대는 어이하여 본녀를 오랜 잠에서 깨운 것이오?"

여자는 눈웃음을 지으며 괴인을 쳐다보았다.

"아니, 아니지. 그것보다는 무슨 일이 있었는지를 먼저 물어야 할까. 역천자, 그때 일 이후로 대체 무슨 일이 있었던 것이오?"

여자는 괴인의 신명을 말하며 몸을 일으켰다.

"많은 일이 있었던 것은 아니지."

역천자는 웃음을 흘리며 대답했다. 그 말을 들으면서 여자는 피식피식 웃었다.

그녀는 아직 깨어나지 않고 꿈틀거리는 다섯 개의 살덩이 사이를 거닐었다. 여전히 아무것도 입지 않은 나신이었으나, 역천자도 그녀도 그런 차림새에 부끄러움 따위는 느끼지 않았다.

"5년은 짧은 시간이니 말이야. 안 그런가?"

"어찌 보내느냐에 따라 다르지 않겠소? 누군가는 5년을 하루처럼, 또 누군가는 5년을 5년으로, 다른 누군가는 5년을 수십 년으로 보낼 수도 있지 않겠소?"

"마룡왕께서는 궁금증이 많으시군."

"많다마다. 어찌 궁금하지 않겠소? 역천자, 그대는 10년 전부터 알 수 없는 인물이었소.

역천자가 웃으며 중얼거리자, '마룡왕'이 깔깔거리며 웃었다. 그녀는 꿈틀거리는 살덩이 위에 올라타 앉았다.

"많을 수밖에 없지 않겠소? 실제로 흐른 시간은 고작해야 5년이겠지만, 본녀에게 있어서 그 5년은 결코 끝나지 않을 영원과 같았소. 후후, 그건 아주 기묘한 경험이었다오. 생과 죽음의 사이에서, 절대로 깨지 않을 악몽을 꾸는 것만 같았소."

마룡왕은 그렇게 중얼거리면서 역천자를 응시했다.

"역천자. 10년 전을 기억하오? 그때의 혼돈계는 20명이나 되는 신격이 각자의 욕심과 뜻을 앞세워 서로를 침범하여 죽이려 드는 아비규환의 신전(神殿)이었소. 누군가는 그 욕심과 뜻을 신념과 대의라 포장하였고, 또 다른 누군가는 탐욕과 야욕을 굳이 숨기지 않았소."

"그때가 그리운 겐가?"

"아하하, 그건 너무 성급한 질문이라 생각하지 않소? 본녀는 이제 막 영원과 같던 악몽에서 깨어났거늘, 어찌 지금과 10년 전을 비교하여 그때가 더 나았노라 그리워할 수 있겠소?"

"그렇군, 성급한 질문이긴 하였어. 하나 마룡왕. 이제 막 악몽에서 깨어났다 하여도, 잠들기 전을 그리워할 수도 있지 않겠나?"

역천자의 표정은 가면에 가려져 보이지 않았으나, 목소리만은 진한 웃음기로 가득 차 있었다.

마룡왕은 마주 웃으며 10년 전의 어비스를 떠올렸다.

"그리움?"

마룡왕의 입매가 비틀렸다.

"그대는 너무나도 당연한 것을 묻는구려."

각자의 이유가 어쨌든 간에, 20명이나 되는 신격이 서로를 침범하고 죽이려 드는 세계는 결코 흔하지 않다.

애당초 신격이란 한 차원에서도 많지 않은 것. 마룡왕이 아는 한 이리도 많은 신격이 존재하는 세계는 절대신격을 갖춘 마신(魔神)이 지배하는 대마계(大魔界)나 가이아의 괴물이 만든 의식 차원인 투신전(鬪神殿)을 포함해도 다섯이 넘지 않았다.

애당초 신격이란 그런 것이다. 그들은 너무나 강대하고 비대한 '존재'를 가지고 있기에, 탄생하는 것도, 이룩해 내는 것도 각고의 노력이 필요하다. 간신히 신격을 이룬다 해도, 신격에는 많은 제약이 붙는다.

인과율. 그건 가장 기본적인 제약이다. 강대하고 비대한 신격은 단순 강림만으로 세상의 균형을 파괴한다. 그것을 방지하기 위해 인과율이란 제약이 만들어졌다. 그로 인해 신격은 마음대로 세상에 강림하지 못하게 되었다.

생각해 보라. 신격을 이루었다는 것은 신이 되었다는 말이다. 누군가는 필멸자로 태어나 만고의 노력 끝에 신격을 이루었을 것이고, 누군가는 날 때부터 초월의 자격을 갖추었겠지만, 그 역시도 신격을 이루기 위해서는 그에 어울리는 세월과 노력이 필요하다. 그런 노력 끝에 이룰 수 있는 것이 신격이다.

한데 막상 이루고 보면 참으로 부질없고 쓸모가 없다. 신격을 이룬 순간부터 온갖 제약이 달라붙는다. 세상의 균형이니 뭐니 하지만 결국에는 제약에 둘둘 감겨 자유를 억압받는 것이 '신'이란 존재의 실상이다. 이 얼마나 부질없는 일인가? 기껏 신이 되었는데, 행동 하나하나를 조심해야 한다니!

하나 위의 세계들. 절대신격이 다스리는 세계들은 보통의 세계처럼 신격에게 제약을 가하지 않는다. 저 세계에서는 신격이라 해도 인과율에 얽매이지 않고, 필멸자와 마찬가지로 자유를 누릴 수 있다. 저런 세계들의 공통점은 그것이다. 모두가 '절대신격'을 이룩한 존재들로 인해 탄생했고, 그들의 지배를 받고 있다.

하나 어비스는 아니었다. 어비스를 탄생시킨 심연의 성좌는 혼돈에서 태어났으나 절대신격이라 할 존재는 아니었으며, 혼돈으로 회귀해 버렸다. 즉, 어비스는 모든 신격들에게 있어서 텅 빈 기회의 땅이 된 것이다.

이 거대한 세계는 20명이나 되는 신격이 강림해도 붕괴하지 않을 정도로 넓었다. 그뿐인가? 꺼림칙한 절대신격도 존재하지 않았다! 어비스를 탄생시킨 심연의 성좌는 혼돈으로 회귀하였고, 이 넓은 세계는 주인 없고 풍요로운 영지였다.

"아아."

마룡왕은 달뜬 숨을 내뱉으며 자신의 몸을 내려 보았다. 그녀는 작게 들썩거리는 가슴을 손으로 어루만지며 쿡쿡 웃었다.

"그대의 말은 바로 어제 같던 10년 전을 떠올리게 하는구려. 본녀가 이 세계의 존재를 알게 되었을 때. 다른 신격들은 혼돈의 근원에 욕심을 냈겠지만, 본녀는 그보다는 이 넓은 세계를 손에 넣고 싶었소. 그립지 않으냐고…… 후후. 그립지, 그립고 말고. 제약 따위에 얽매이지 않고 마음껏 날뛸 수 있던 그 자유가 어찌 그립지 않겠소?"

"나는 그대에게 자유를 주었네."

역천자는 마룡왕을 응시하며 말했다.

"내가 돕지 않았다면, 그대는 영원토록 악몽에서 벗어나지 못했을 게야. 내가 발견하기 전까지 이 세계는 모든 것이 멈춰 있었네."

"후후, 보은을 하란 말이오? 그러니 묻는 것 아니오. 역천자, 5년 전…… 혼돈이 폭주하였을 때. 그 이후로 대체 무슨 일이 있었던 것이오? 그대는 대체 무엇을 바라서 본녀를 깨우고, 다른 군주들까지 깨우려 하고 있소?"

마룡왕은 그렇게 물으면서 시선을 아래로 내리깔았다. 그녀는 자신이 깔고 앉은 살덩이 안에서 꿈틀거리는 존재를 간파하려 해보았지만, 좀처럼 그 안의 존재를 느낄 수가 없었다. 결국, 마룡왕은 포기하고서 어깨를 으쓱거렸다.

"본녀는 아는 것이 많지 않소. 하나 눈치마저 없는 머저리는 아니라오. 키마이라가 죽었고, 본녀가 있고, 남은 살덩이가 다섯이라. 그때, 혼돈이 폭주했을 때…… 본녀와 함께 휘말린 남은 다섯은 대체 누구요?"

"천존(天尊), 월드이터(WorldEater), 헌드레드(Hundred), 검무희(劍舞姬), 유계(幽界)의 방랑자."

"역시."

역천자의 말을 듣고서, 마룡왕은 킬킬 웃었다.

"무령, 그 애송이가 없다는 것이 의외구려."

"무령은 죽었다네."

역천자의 말에 마룡왕의 눈이 동그랗게 떠졌다.

"무슨 말이오?"

"그대와 같은 때 타락하지는 않았지만, 무령도 혼돈의 침식에서 벗어나지는 못했던 게야. 오래 버티기는 했지만 결국 타락해 죽었지. 기억하고 있나? 철혈궁의 호법신장."

"무령의 아들내미, 연리운을 말하는 것이오? 아비보다 나은 아들이었소. 무령이 가진 신격의 한계만 아니었다면 연리운의 그릇이 그리 작아지지도 않았을 터인데."

"지금은 그 연리운이 무령의 자리를 대신하고 있지. 한데 마룡왕이여, 그대는 왜 무령이 타락하지 않은 것이 의외라 하는가?"

"역천자, 정녕 몰라서 묻는 것이오?"

마룡왕은 역천자를 보면서 킬킬 웃었다.

"5년 전. 혼돈에 침식되었던 우리들. 왜 우리가 한 곳에 모여 있었던 것 같소? 후후, 아주 간단한 이유라오. 우리는 회동을 갖고 있었소."

마룡왕의 두 눈에 순간적이나마 어떠한 감정이 스치고 지나갔다.

"5년에 걸쳐 혼돈계에서 싸움을 벌였으나, 20명의 신격 중 누구 하나 죽지 않았소. 생각해 보시오. 무령 그 애송이는 완전한 신격조차 아니었으나, 5년이란 시간 동안 다른 신격에 살해되지 않고 살아남았지. 그 약해 빠진 놈조차도 제가 만든 성역에서는 까다롭기 짝이 없었으니."

스치고 지나간 감정은 분노와 살의였다.

"전쟁은 즐거웠으나 끝날 기미가 보이지 않았고, 혼돈의 근원이 어디에 있는지조차 파악되지 않았소. 사실 그건 어쩔 수 없었지. 좀 마음먹고 찾아보려 하면 다른 군주와 맞닥뜨리고 싸움이 벌어지니, 탐색이 제대로 될 리가 있었겠소?"

"그랬었지. 그만큼 어비스는 넓었지만, 20명의 신격은 너무 많았어."

"바로 그거요. 신격이 너무 많았던 것이 문제였소. 각자의 목표가 흐렸던 것이 문제였기도 하고 말이오. 스스로의 격에 취해 오만한 우리는 협력이라는 것은 애당초 생각지도 않았었소. 하지만 말이오. 5년이나……. 후후, 고작 5년에도 질리고 조급함을 느낄 수도 있지."

분노와 살의가 다시 떠올랐다. 마룡왕은 손을 쥐었다 펴면서 먼 곳을 보았다. 그녀가 보는 것은 현재가 아니었다. 그렇다고 해서 5년 전인 것도 아니었다. 그녀에게 있어서 5년 전은 어제와도 같았으나, 그 시간 동안 꾸었던 악몽은 영원처럼 길기도 했다.

5

"근원을 통째로 먹고 싶어 견딜 수 없어 하던 키마이라와 무령, 월드이터도. 무감정하지만 실리만을 추구하던 검무희와 유계의 방랑자, 명확한 결론 없이 싸우고, 도망치는 것에 질려 버린 천존과 헌드레드. 그리고…… 조급했던 본녀까지. 이 8명에게 어떤 신격이 은밀히 사자를 보내 동맹을 제안하였소. 성가신 이들부터 먼저 치워 버리는 것이 어떻겠냐고 말이오."

"허어."

역천자의 눈이 반짝거리며 빛났다. 설마 혼돈의 근원이 폭주하기 전에 저런 회동이 있었음은 그조차 알지 못했던 사실이었다.

"미쳐 날뛰는 템페스트와 무식하기 짝이 없는 혈사자. 그 혈사자와 항상 붙어 다니던 암막의 주인. 속내를 알 수 없는…… 후후, 그대를 말하는 것이오, 역천자. 그리고 또, 언제나 한발 물러서 있던 흑장미여왕. 유희만을 추구하던 재생의 뱀. 누구와도 소통하려 들지 않는 아이언메이드와 위치엔드. '그런 상황에서 가장 최악의 존재라 할 수 있는 악몽의 결정자. 고고한 척하던, 아아, 친애하는 용성군까지. 우리는 먼저 그대들 10명을 치워 버리려 했다오."

"그렇다는 건……."

"더 말해 무얼 하겠소? 동맹을 제안한 것은 퓨어세인트와 하이로드. 그 빌어먹을 개잡종자들이었소."

빠득.

마룡왕이 갈던 이빨이 박살 났다. 오호라. 가면 너머에서 역천자의 눈이 빛났다.

10년 전의 어비스에서 혼돈의 근원을 탐하던 군주들은 다양한 군상을 지니고 있었다.

그중 퓨어세인트는 군주들 간의 다툼을 중재하며 모두가 조금씩 양보하면서 원하는 것을 이루지 않겠느냐 떠들었고, 하이로드는 근원을 탐하는 것보다는 상황을 관측하고 싶다며 언제나 몇 걸음 뒤에 물러서 있었다. 한데 저 둘이 손을 잡고 다른 8명이나 되는 군주를 선동하였다니. 그런 일이 있었단 것은 역천자도 알지 못했다.

"크게 나쁜 제안은 아니었소. 만약 그대로 되었더라면 말이오. 10명이 10명을 치운다면, 보시오. 20명이나 되는 신격이 금세 반으로 줄지 않소? 사실 그 뒤도 문제였지만, 그 당시로써는 절반을 함께 치우자는 것에 큰 매력을 느꼈다오. 하지만 정작 회동 자리에 퓨어세인트와 하이로드, 저 사이좋은 개잡종 자들은 오지 않았소."

"그래서 어찌 된 겐가?"

역천자는 설레는 심정으로 물었고, 마룡왕이 웃음을 터뜨렸다.

"구멍."

기억은 선명했다. 그럴 수밖에 없었다. 그 순간에, 마룡왕은 자신이 긴 세월 영유해 온 삶과 그 시간 동안 쌓아 이룬 격과 오래도록 군건하였던 '나'라는 자아. 그 모든 것이 허무하게 사라질 것을 직감했었다. 그건 그녀가 평생토록 단 한 번도 짐작해 본 적이 없던, 죽음이란 미래였다.

"작은 구멍이었소. 우리가 모여 있던 곳에 아주 작은 구멍이 나타났지. 그건 그저 구멍일 뿐이었소. 하지만 우둔한 키마이라가 그 구멍에 팔을 쑤셔 넣었지. 그리고."

쾅. 마룡왕은 입술을 오므리며 폭발 소리를 내었고, 어깨를 들썩거리며 킬킬 웃었다.

"거기서부터 처음으로 혼돈이 폭주하였소. 키마이라가 삼켜지는 것을 보았을 때, 그곳에 있던 다른 신격이 무슨 생각을 하였는지는 알 수 없으나…… 본녀는 죽음을 직감하였소. 아마 다들 똑같았을 거요. 체면도 잊고서 도망치기에 바빴으니까. 무령 그 애송이의 도망치는 솜씨가 대단하다는 것은 예전부터 알았지만, 하하! 그때도 참 잘 뛰더군."

"혼돈의 폭주를 퓨어세인트나 하이로드가 의도했다고 보는가?"

"정황상 그렇지 않겠소? 그들이 진정으로 회동을 주선하고자 하였다면 그 자리에 오지 않았을 이유가 없잖소?"

"그들에게 그런 능력이 있다는 것은 믿기 힘들군."

"하나 의심스러운 것은 사실이지. 결국, 그곳에 모였던 여덟

중 일곱이 삼켜졌고, 꽁무니를 뺀 무령마저 지금은 죽었다 하지 않았소? 보시오, 퓨어세인트와 하이로드는 회동을 주선하며 20명의 신격을 절반으로 줄이자 하였소. 결과적으로 절반으로 줄이지는 못했으나, 그 당시에 7명이나 되는 신격을 일소(一掃)하였소."

마룡왕은 그렇게 말하면서 살덩이 위에서 내려왔다. 그녀는 곰곰이 생각에 잠긴 역천자를 응시하며 말을 건넸다.

"역천자. 본녀는 그 날 이후로 5년 같지 않은 5년을 보내었소. 그대의 도움으로 긴 악몽에서 깨어났으나, 정확히 어떤 일들이 일어났는지는 알지 못하오. 왜 그대는 그 날 그 자리에 없었음에도 혼돈과 융화할 수 있었던 것이오?"

눈을 빛내는 마룡왕을 향해, 역천자는 5년 동안 있었던 일들에 관해 설명해 주었다. 마룡왕은 참지 못하고 웃음을 터뜨렸다.

"아하핫! 부림말이라고는 하나 인간 따위의 도움을 바라게 되다니! 게다가 그러고도 아직까지 혼돈의 근원을 찾지 못했다고? 이보시오, 그게 참말이오? 살아남은 군주들이 외차원으로 피신하여 거기서 벗어날 수 없게 되었다고?"

"그렇다네. 군주가 성역으로 삼은 외차원을 벗어나 어비스에 강림하게 되면, 그 즉시 혼돈에 침식되어 타락하게 된다네. 다른 군주들은 그것이 두려워 자신의 성역에서 나오지 못하고 있어."

"하지만 그대는 아니구려."

"이해하여 융화할 수 있다고 생각하였네. 실제로 합일하는 것에 성공하였고 말이야."

"말이야 쉽지. 다른 신격은 시도조차 하지 않을 일이오."

마룡왕은 혀를 내두르며 중얼거렸다. 처음 어비스에서 보았을 때도 느꼈고, 겪으면서도 알았지만. 역천자란 신명을 가진 저 신격은 대단한 미치광이였다.

다른 일이 없었던 것도 아니고 7명이나 되는 신격이 타락하였다. 이렇다 할 확신과 가능성도 없는 일. 무조건 예외 없이 평생의 신화를 잃을 타락에 스스로를 던지는 일을 대체 어떤 신격이 시도한단 말인가?

"결국, 그대는 무엇을 바라는 것이오?"

"마룡왕이여. 그대는 이해와 융화를 무어라 생각하는가?"

"의미 외에 무엇이 더 있겠소?"

"물론 그렇지. 나 역시 그렇네. 나는 나라는 존재를 침범하는 혼돈과 융화했고, 결국 합일하였어. 그러면서 혼돈을 이해하였지. 그 뒤에……."

역천자는 긴 탄식을 흘리면서 손을 들어 얼굴로 가져갔다.

딸칵.

역천자의 얼굴을 가리고 있던 가면이 벗겨졌다.

"허어."

마룡왕은 작은 탄성을 질렀다.

역천자의 얼굴은 흔들리는 어둠으로 이루어져 있었다. 한쌍의 눈은 눈동자만이 어둠 위를 떠다녔고, 입이 있던 자리에도 입술과 이빨만이 남아 있었다. 흉측하기 짝이 없는 모습이었으나, 역천자는 둥둥 떠다니는 입술을 움직여 만족스러운 미소를 지었다.

"경의(敬意)를 갖게 되었다네."

"경의?"

"그래. 신격마저 집어삼키는 힘. 이 힘은 모든 것을 집어삼키지. 끝없는 혼돈 속에서는 모두가 함께 뒤섞여. 놀랍지 않나? 절대신격이라 해도 이런 일이 가능하지는 않을 게야. 그대의 탐욕은 무엇이었나? 신격에게 아무런 제약을 가하지 않는 어비스, 이 세계를 손에 넣는 것 아니었나? 물론 지금의 어비스에 군주들은 강림할 수 없어. 하나 그것은 그들이 타락을 두려워하기 때문이지!"

역천자의 목소리에 흥분이 섞였다.

"혼돈과 하나가 된다면? 아, 물론 강요할 생각은 없네. 무조건 성공하리란 보장은 없으니 말이야. 하지만 나는…… 난 말일세. 이 무한한 가능성을 진심으로 경의하여 숭배하게 되었네. 그대는 나를 역천자라는 신명으로 부르지만, 나는 스스로를 역천자라고 여기지 않아. 나 자신이 이룬 신격과 그로 인한 신명은 혼돈에 비하면 하찮기 짝이 없으니 말일세."

"그대는 그대의 신명을 부정하는 것이오? 역천자, 술(術)과 마도(魔道)의 종주(宗主)를 이룬 그대가 스스로 신명을 부정하는 것이 무슨 뜻인지 모르지는 않을 터인데?"

"아무 일도 일어나지 않잖나?"

역천자는 보란 듯이 양손을 들어 올렸다.

"더 이상 '역천자'라는 신명이 나를 대표하고 증명하지 않는단 뜻이지. 나는 그런 존재가 된 것일세."

"그럼 그대는 무엇이오?"

마룡왕은 혼란을 느끼며 물었다.

"나는 혼돈의 사도(使徒)일세."

역천자는 뿌듯함을 느끼며, 자랑하듯 말했다. 그 대답에 마룡왕은 그만 입을 반쯤 벌리고 말았다. 잠시 역천자를 보던 마룡왕이 다시 한번 질문했다.

"그렇다면. 그대는 혼돈의 사도로서, 근원을 취하고자 하는 것이오?"

"하하하! 그럴 리가 있겠나? 마땅한 주인이 있는데, 어찌 사도인 내가 주인의 것을 탐하겠나?"

"주인……?"

"마룡왕이여. 그대는 내가 무엇을 바라느냐 물었지. 그건 아주, 아주 간단하다네. 이 어비스, 혼돈계의 시조가 무언가?

이 세계에 혼돈의 근원이 남은 이유는? 내가 혼돈의 사도를 자처한다면, 누가 나의 주인이자 섬기는 신이 될 수 있겠나? 하하, 그건 하나뿐이지."

역천자는 웃는 목소리로 말하며 다시 가면으로 얼굴을 가렸다.

"나는 심연의 왕좌를 깨울 걸세."

마룡왕의 소리 없는 경악을 즐기면서.

"그리하여, 그의 첫 번째 충복이자 사도가 되어 혼돈을 전파할 게야."

"……어……."

목젖까지 올라온 '미친놈'이라는 말을 삼키고서, 마룡왕은 목소리를 냈다.

"어떻게 깨우겠다는 말이오? 그 존재가 깨우고 싶다 하여 깨울 수 있는 존재였소?"

역천자의 광기는 혼돈과 합일해 기인한 것인가? 마룡왕은 그걸 알 수가 없었다. 다른 신격이 저런 말을 한다면, 혼돈과 합일하여 정신이 돌아버렸다고 생각하겠지만, 역천자는 10년 전 처음 보았을 때부터 의중을 알 수 없던 자였다.

"그대의 말을 이해하지 못하는 것은 아니오. 이곳…… 혼돈계는 심연의 왕좌가 태어나면서 존재하게 된, 그의 성역이고 영지란 것은 본녀도 알고 있소. 하나 심연의 왕좌는 태어난 혼돈으로 회귀하지 않았소? 결국, 이 세계는 주인을 잃고 덩그러니 남았지. 그를 낳고, 그가 회귀한 혼돈의 근원도 함께 말이오."

"확실한 방법은 없네."

역천자는 순순히 그 사실을 인정했다.

"애당초 내가 이리 하고 싶다는 바람에 도달한 지도 오래되지 않았네. 혼돈과 합일된 직후에는, 이 무한한 가능성을 이해하는 것만으로도 벅찼으니까. 아아, 사실은 '이해'라 말하는 것도 우습고 부끄러운 일일세. 나의 얄팍한 지혜로는 이것을 절대로 완전히 이해할 수 없었으니 말일세. 그렇기에 더더욱 경의를 갖고서 숭배하는 것이고."

"그렇다면…… 방법도 없는 일을 이루겠다며 매달리겠단 것이오?"

"자네들은 이곳에 머물러 있었네."

역천자는 꿈틀거리는 살덩이와 마룡왕을 함께 보았다.

"원래라면 나는 그대들을 찾아낼 수도 없었어. 하지만…… 아까 말했던, 무령의 죽음 이후로 어비스 전체가 크게 격동했지. 신격이 사라지고, 새로운 신격이 태어나면서 어비스의 혼돈이 격동한 것이야. 내가 그대들을 찾아낼 수 있었던 것은 그 덕분일세. 이 공간은 혼돈으로 가득 차 외차원과 단절되어 있지만, 자네의 존재가 어비스로 돌아간다면 그만큼의 격동이 일어나지 않겠나?"

"그걸 단서로 삼고서 심연의 왕좌를 찾겠단 것이오?"

"바로 그걸세! 물론 무조건 그리되리라는 확신은 없지만, 해 보아서 나쁜 일도 아니잖나. 그렇다면 무엇이든 시도해 봐야 하지 않겠나?"

"하하……."

마룡왕은 허탈한 웃음을 흘리며 고개를 흔들었다.

"그대는 본녀의 생각을 우습게 만드는구려. 본녀는 틀림없이, 깨워준 것에 보은하라 할 줄 알았소."

"보은? 어떻게 말인가?"

"뻔하지 않소? 그대 또한 혼돈의 근원을 탐할 것이라 생각했으니, 그걸 찾는 것을 도우라 할 줄 알았소이다."

"허허, 만약 그랬더라면 그냥 깨우지도 않았겠지. 그대 정도의 존재가 보은을 나 몰라라 할 것이라 생각하지는 않지만, 무조건 도우리라 생각하는 것은 너무 순진한 발상 아닌가?"

'따로 제약은 가하지 않았다는 말이렸다?'

마룡왕은 빙긋 웃었다. 그녀가 가장 경계했던 일이 바로 그것이다. 역천자는 술과 마도의 종주로서, 일반적인 마법과는 다른 불가사의한 힘을 사용한다. 그러한 술법은 수행에 따라서 격 낮은 인간이라 할지라도 상위 격의 존재를 사역할 수 있게끔 만들어준다.

하물며 술과 마도로서 신격을 이룬 것이 바로 역천자. 그라면 얼마든지 신격에게도 재갈을 씌워 종처럼 부릴 수 있으리라. 하지만 역천자가 하는 말을 들으니, 별다른 제약은 가해 있지 않은 모양이었다.

물론 마룡왕은 역천자의 말을 액면 그대로 순전히 믿을 생각은 없었다. 그녀가 혼돈에 삼켜졌던 것은 사실이고, 지금의 그녀는 틀림없이 타락한 상태였다. 한데 일신에 아무런 문제가 없을 리가? 아직은 알 수 없으나 분명 타락의 대가란 것은 존재할 것이다.

"역천자. 본녀는 그대의 뜻에 공감하고자 하는 뜻은 없소."

무조건 거짓을 말하지 않는다. 마룡왕은 우선 솔직하게 자신의 의중을 밝혔다.

"하나 그대를 방해하고자 하는 마음도 없고, 그대의 도움에 감사를 느끼는 것은 사실이오. 그러니 그대가 원하는 것이 있다면 돕도록 하겠소."

"뜻하는 바를 이루시게."

하지만 역천자는 마룡왕의 말에 고개를 저었다. 그 대답에 마룡왕이 눈을 가늘게 떴다.

"그 말은?"

"말하지 않았나. 나로서는 그대와 같은 존재를 깨우고, 어비스로 내보내는 것으로 충분하단 말일세. 그대와 같은 존재가 더해진다면, 혼돈은 틀림없이 격동하게 돼. 어쩌면 또다시 폭주가 벌어질지도 모르지. 그 또한 격동의 형태이니, 그로 인해 나는 무언가를 얻고 또 알게 될 걸세."

"그 뒤에는?"

의중을 감출 필요는 없었다. 이 질문은 마룡왕이 진실로 궁금히 여기는 것이었다.

"본녀가 뜻하는 바를 이루라? 이 공간을 나가, 혼돈계로 돌아간 본녀가 무엇을 할 줄 알고 그리 말하는 것이오?"

"무엇이든 하란 말일세. 날뛰어도 좋고, 아무것도 하지 않아도 좋네. 하지만…… 내가 아는 마룡왕께서는 절대 얌전히 계실 것 같지는 않군."

"아하하!"

마룡왕은 또다시 웃음을 터뜨렸다.

'과연.'

저 존재는 미치광이였다. 또한, 마룡왕을 너무나도 잘 알고 있었다. 틀릴 것 없고 지극히 당연한 말이었다. 가만히 있을 이유가 없지 않은가? 5년은 그녀에게 있어서 너무나 길었다. 그녀는 이 세계가 13군주에게 어떻게 변하였는지 궁금해 견딜 수가 없었고, 퓨어세인트와 하이로드에게 틀림없는 적의를 품고 있었다. 또한, 친애하는 용성군과의 재회를 바라고 있기도 했다.

"그대의 뜻은 알겠소."

마룡왕은 양팔을 들어 올렸다.

촤라락!

아무것도 입지 않았던 그녀의 나신을 붉은 비늘이 감쌌다. 마룡왕은 비늘로 만든 갑주로 몸을 가리고서 키득키득 웃었다.

"그렇다면 본녀는 뜻하는 바를 이루도록 하겠소. 하지만 그 전에. 그대의 행사가 아직 끝나지 않은 듯하오만."

"도와주겠나?"

"아하하, 잠에서 깨어난 지 얼마 되지 않았으니 말이오. 나른함을 깨워줄 정도도 되지 않을 것 같지만, 가만히 있는 것보다는 낫지 않겠소?"

"아마 충분할 걸세."

역천자는 다가오는 존재들을 느끼며 웃었다.

"아아, 그리고…… 부디 청하건대, 한 명에 한해 불살(不殺)을 약속해 주겠나?"

"불살? 어이하여?"

"이곳에서 죽이기에는 아까운 이가 있다네."

"그건 공평하지 않구려. 모두 다 왔는데 한 명만 살리라니. 불운도 행운도 함께 나눠야 하지 않겠소?"

마룡왕은 그렇게 말하면서 얇은 미소를 지었다.

"오늘은 살계(殺戒)를 열지 않겠소."

그렇게 말하고서, 마룡왕은 천천히 몸을 돌렸다.

8장
친구니까

"진짜 괜찮아?"

"괜찮다니까."

"말은 그렇게 하고 속으로는 안 괜찮은 거 아니야? 막, 기껏 선물해 준 옷인데 이 꼴로 만들었구나 하면서 화나지 않았어?"

"화 안 났어. 이거로 화를 왜 내? 그리고 그거 선물해 준 것도 아니야. 나 안 입는 옷 너 입으라고 준 거지."

"그게 선물이잖아."

"왜 선물이야? 그냥 준 거라니까."

"네가 나에게 무언가를 준 거잖아. 그럼 선물이지."

"아니, 그냥 안 입는 옷 준 거라고."

"진짜 화 안 났어?"

"안 났다고. 싸우다 보면 찢어질 수도 있는 거지."

"응, 알았어. 그런데…… 진짜 이거 선물해 준 거 아니야?"

'때리고 싶다.'

백현은 가슴 속에서 무언가가 끓는 것을 느꼈다. 돌림 노래처럼 반복되는 대화의 끝은 어디인가? 선물의 의의는 무엇인가? 그냥 준 옷일 뿐인데 저건 과연 선물인가? 아닌가?

"야, 현아."

보다 못한 서민식이 백현의 곁에 바짝 붙었다. 그는 사라에게 들리지 않도록 조심하면서, 작게 죽인 목소리로 귓속말을 건넸다. 백현은 그런 서민식을 힐긋 보면서 투덜거렸다.

"쓸데없는 짓이야. 네가 아무리 작게 말해봐야 쟤는 다 들을 수 있어."

무공을 익힌 이상 오감이 인간 이상으로 발달하는 것은 당연한 일이다. 사라 정도의 성취라면 발아래에서 개미가 기어가는 소리까지 들을 수 있을 것이다. 그러자 서민식은 난감하단 표정을 지으며 물었다.

"어떻게 소리 못 듣게 할 수는 없냐?"

"뭔 얘기를 하려고? 나 들리는 데서 해!"

사라가 빽 소리쳤다. 그러자 서민식은 백현을 대할 때와는 전혀 다른 젠틀한 미소를 지으며 살짝 고개를 숙였다.

"가끔은 남자끼리도 비밀스러운 대화를 나눠야 할 때가 있는 법입니다."

"내 욕하려는 거 아니에요?"

"설마 그럴 리가요. 제가 다 사라 씨를 위해서 이러는 겁니다."

한쪽 눈을 찡긋 감으며 윙크까지 하자, 사라는 벌린 입을 꾹 다물었다. 백현은 그런 서민식을 보며 숨김없이 역겹다는 표정을 지었다. 그래도 일단, 서민식이 말한 대로 내공으로 기막을 펼쳐 소리를 차단하였다.

"넌 텔레파시 같은 거 못 쓰냐?"

"쓸 줄 아는 게 이상한 거야 미친놈아. 그래서, 다 된 거야?"

"어. 말해도 괜찮아. 뭔데?"

이 새끼는 대체 못 하는 게 뭘까? 혹시나 해 물어본 것인데 설마 진짜로 소리까지 막아버릴 줄이야! 서민식은 어처구니가 없어서 잠시 백현을 쳐다보다가, 곧 진짜 문제를 되새기며 깊은 한숨을 내쉬었다.

"야 이 병신아…… 너는 여자 마음을 그렇게 모르냐?"

"내가 뭐?"

"이 답답한 새끼. 여자 사귀어본 적 한 번도 없어?"

"어."

없다. 있을 리가 있나? 생각해 보면, 지금까지 남들 다 가져본 첫사랑이란 것도 느껴본 적이 없었다.

초등학생 때야 너무 어린 데다 고아가 된 지 얼마 지나지 않아 그럴 멘탈도 아니었다. 중학교? 공학이기는 했지만, 초등학생 때와 별반 다를 것이 없었다. 고아원 출신이라는 배경은 청춘사업에 하등 도움이 되지 않았다.

그렇다고 같은 고아원에 있던 여자애에게 두근거림을 느낀 적이 있는 것도 아니었다. 고등학교? 남고였다. 아는 여자애도 없었다. 아르바이트할 때 같은 타임에 서던 여자애들과는 조금 친해지긴 했었지만, 역시 연애 감정을 느낀 적은 없었다. 살기 팍팍한데 연애는 무슨.

"모쏠이었을 줄이야……!"

"야, 그게 뭐 어때서? 상대가 없었던 것뿐이고 상황이 ×같았던 거지. 어릴 때도 마음만 먹었으면 얼마든지 사귈 수 있었어."

"네, 지랄하지 마시고요. 어쨌든 말이야, 이 형이 하는 말 좀 듣고 하라는 대로 해."

"너랑 나랑 다를 게 뭐라고……."

"하- 나 진짜 얼탱이가 없어서. 형이랑 너랑은 경험치가 달라요, 경험치가. 닥치고 임마, 그냥 선물이란 것부터 인정해."

"선물이라 생각하고 준 거 아니야."

"이 ×발, 너도 저기 저 예쁜이랑 다를 거 없는 꼴통 새끼다 진짜. 뭐가 어쨌든 가지라고 줬으면 그냥 선물인 거야. 아니면 그냥 쓰레기통에 버리려다가 아까워서 준 거라고 말할래?"

"그건 좀 아니지. 듣는 사람 기분이 얼마나 나쁘겠어?"

"그걸 처아는 새끼가! 듣는 사람 기분 생각하는 새끼가 선물 아니라고 바락바락 우기면서 자존심을 세우고 있어?"

"자존심 세운 게 아니라, 선물이라 생각하고 준 게 아니니까……."

"닥쳐 개새끼야! 그냥 선물이라고! 선물이라 치라고!"

왜 소리를 지르고 지랄이야? 백현은 괜스레 서민식을 째려보았고, 서민식은 답답해 미칠 것 같아서 가슴을 두들겼다.

"야, 현아, ×발 놈아. 내가 무공이란 걸 안 배워서 그러는데. 그거 배우면 사람이 막 빡통이 되고 그러는 거냐? 어? 대가리까지 막 근육 되고 그래? 너랑 쟤 보면 그런 거 같은데?"

"나랑 사라가 뭐 어쨌다는 거야? 우리는 멀쩡해."

"아니, 아니야. 너희는 안 멀쩡해, 아니, 멀쩡한데. 조금 이상해. 특히 여기, 여기가."

서민식은 자기 관자놀이를 검지로 쿡쿡 찍었다.

"어쨌든 임마, 선물로 준 거부터 인정하고. 나중에 더 예쁘고 좋은 옷, 잘 어울리는 옷 선물해 준다고 해. 그래, 기왕 이렇게 된 거 같이 옷 사러 가자고 하라고. 그러면 얼마나 좋아? 너도 좋고 쟤도 좋고, 보는 사람들도 안 답답하고! 데이트하라고 새끼야, 데이트!"

"데이트는 무슨, 꼴랑 옷 사러 가는 거 가지고……. 그리고 요즘 옷은 다 인터넷으로 사는 거 아니야?"

"제발……. 이…… 새끼야…… 누가 가서 옷만 사래? 밥도 먹고 영화도 때리고 술도 빨고 ×발……."

"밥은 집에서도 먹을 수 있고 영화 그거, 네가 집에 VOD 달았잖아. 그거 집에서 술 먹으면서 보면……."

"나 너 한 대만 때리면 안 되냐? 아니, 한 대 말고 한 열대만. 너 싸우는 거 보니까 내가 뒤지라고 10대 때려도 안 뒤질 거 같은데 제발."

"거참, 알았어. 그렇게 말하면 되잖아. 그런데 왜 이래야 하는 거야? 진짜 이해가 안 되네, 쟤는 도대체 그깟 추리닝이 뭐라고 혼자 심각하게 굴어?"

"아오!"

백현의 투덜거림을 들은 서민식은 괜히 발로 땅을 걸어찼다. 그러고도 분이 풀리지 않아, 꽉 쥔 주먹으로 있는 힘껏 백현의 팔을 때려 갈겼다. 하지만 백현은 휘청거리지도 않았고, 때린 서민식의 주먹만 엄청나게 아팠다.

"운동해야지 ×발, 운동해야겠어. 나도 한 20년 피티 받으면 팔뚝 너처럼 되냐? 어?"

"안 될걸. 너 뭐 정신병 있냐? 분노 조절 장애야? 아까부터 왜 자꾸 지랄이야?"

"내가 다 걸고 진짜, 너 이러는 거 다른 사람이 보면 다 나처럼 굴걸. 오히려 내가 친구라서 좀 덜 그러는 거야 미친놈아.

너, 너 진짜 몰라서 이러냐? 아니면 뭐 모르는 척 쌩까는 거야? 대체 왜 쌩까? 저렇게 ×나 예쁜데? 네 와꾸에 ×나 말도 안 되는 분인데?"

"뭔 소리야?"

"왜 저렇게 예쁜 애가 너 좋다고 저러는 걸 쌩까고 있냐고!"

서민식이 외치는 말을 듣고서, 백현은 두 눈을 끔벅거렸다. 그는 잠시 서민식을 보다가, 사라를 힐긋 보았다. 사라는 서민식의 다채로운 리액션을 보면서, 백현과 은밀히 나누는 대화의 내용을 상상하고 있었다. 동시에 자신이 따돌려지는 것 같아 언짢음을 느끼고 있기도 했다.

사실 가장 따돌림을 당하고 있는 것은 드레이브였다. 호센이야 정신을 잃고 둥둥 떠다니고 있었지만, 드레이브는 대화에 끼지도 못하고 묵묵히 앞을 걷기만 하고 있었다.

"야, 민식아."

잠시 사라를 쳐다보던 백현은, 다시 고개를 돌려 서민식을 보았다.

"그건 좀 아닌 것 같다."

"아니긴 뭐가 아니야 십새꺄."

"네가 지껄인, 그 말 같지도 않은 소리 말이야. 쟤가? 사라가? 날 좋아한다고? 에이, 그건 아니지. 진짜 아니야. 말이 안 돼. 그럴 리가 없어."

"뭘 그럴 리가 없어……. 네가 그걸 어떻게 알아? 어? 네가 뭐 궁예야? 무공 배우면 ×발 관심법도 원 플러스 원으로 배워지냐? 사람 마음 읽을 수 있어? 누가 봐도 쟤가 너 ×나 좋아하는데, 왜 너 혼자 아니라고 지랄이야?"

"야, 그게 진짜 말이 안 된다고. 생각해 봐. 너 같으면, 20년 동안 널 ×나 두들겨 팬 상대를 좋아할 수 있겠냐?"

"미쳤냐?"

"그렇지! 바로 그거야. 그러니까 말이 안 된다고."

백현은 헛웃음을 흘리며 고개를 가로저었다. 그가 사라의 노골적인 행동들을 별반 신경 쓰지 않던 이유가 바로 그것이었다. 도원경. 죽음이 존재하지 않던 그 세계에서, 백현은 무려 20년 동안 사라를 두들겨 팼었다.

"물론 좀, 어, 과한 적도 있지만 비무였으니까. 막 원한이 있지는 않을 텐데…… 아니, 있나? 있을까?"

잘 생각해 보면 마음에 걸리는 게 없지는 않았다.

머리채를 잡고 쥐어 팬 일이나, 명치에 주먹과 무릎을 번갈아 꽂았던 일. 여자의 가슴이 급소라는, 어린 시절 들었던 말을 떠올리며 있는 힘껏 때렸던 일. 차마 말할 수 없는, 남자의 급소라 할 수 있는 부분이 여자에게도 통용되는지 궁금해 걷어찼던 일.

물론 백현으로서는 다 최선의 승리, 효율을 추구하며 했던 일들이다. 약점을 공격하는 게 뭐가 나쁜가? 눈을 찌르거나 인중을 때리고……. 관절기에 재미가 붙었을 때는 꺾기도 참 많이 꺾었다. 엉엉 울던 사라의 울음을 들을 때마다 죄책감을 조금 느끼기는 했지만. 그 뒤에도 계속 덤비길래 괜찮은 줄 알았다. 하지만 그게 전부 앙금으로 쌓였다면?

'내가 사는 세계로 따라온 것도, 사실 나중에 복수하려고 하는 것 아니야?'

기회를 봐 전부 다 갚아주려고. 어쩌면 자고 있을 때를 노리고 암습을 가할지도 모른다. 백현은 진지하게 그런 생각에 빠졌다.

"취향은…… 다양한 법이지."

서민식은 떨떠름한 얼굴로 중얼거렸다.

"20년 동안 맞으면서 뭔가 그런 취향에 눈을 뜬 걸 수도 있고…… 그거 다 감안해도 네가 그냥 좋은 걸 수도 있고…… 어쨌든, 쟤는 너 좋아해. 그건 팩트야."

"그럴 리가 없다니까."

"네가 좀 까놓고 물어보던가 그럼. 야, 넌 솔직히 설렌 적 없냐? 너 쟤랑 20년 동안 있었다며? 저렇게 예쁜 애랑 20년 동안 지내고, 지금은 심지어 같은 집에서 살잖아. 설렌 적 없어?"

"없어."

백현은 일말의 고민 없이 대답했다. 도원경에서는 무공을 익히는 것 외에 흥미를 가진 적이 없었다. 그 외의 것에 감정을 소모하려 들지도 않았다.

사라는 나름대로 특별한 존재였고, 스승을 제외하고선 유일한 대화 상대였다. 설화봉 유운려와는 거리가 멀었고, 여휘와는 마주친 적도 거의 없었으니까. 하지만, 그렇다고 사라에게 설렘을 느낀 적은 없었다. 굳이 꼽자면, 사라가 비무를 청할 때마다 이번에는 얼마나 강해졌을까. 나는 얼마나 강해졌을까. 이런 것에 설렘을 느낀 것이 고작이었다.

현실에서도 똑같았다. 도원경에서 현실로 배경이 바뀌었다 뿐이지, 사라는 여전히 사라였고, 백현은 여전히 백현이었다.

"너 설마 고……."

"아냐."

"그런데 왜 안 설레? 저렇게 예쁜 애랑 사는데?"

"넌 가족보고 설레냐?"

"이 미친 새끼가 지금 뭐라는 거야. 너랑 나랑 똑같이 고아인데 가족이 어딨어, ×발. 너 지금 패드립하는 거냐?"

"아니, 그게 아니라…… 말이 그렇다는 거지."

"고자도 아니고 그럼 뭐야? 너 그러면 쟤 말고 설렌 적 없어?"

"꼭 이성이어야만 해?"

"어, 이성이어야만 해. 동성도 안 되는 건 아닌데, 커밍아웃하고 싶으면 나중에 진지한 자리에서, 내가 욕 못 할 때 해라."

"이성한테 설렌 적이 있기는 하지."

잠시 곰곰이 생각에 잠겼던 백현은, 고개를 끄덕거리며 중얼거렸다.

"누군데?"

"라이 룽."

"……그 라이 룽? 왜……? 왜요? 너 설마 중국 가 있는 동안……."

"아니, 그게 아니라. 좀 이런저런 일이 있어서."

사실 그 설렘이라는 것도 연애 감정과는 아득한 거리를 가지고 있었다. 이러니저러니 해도 라이 룽은 백현의 목숨을 구해주었다.

"그리고 세잖아."

백현은 흐뭇한 미소를 지으며 말했다.

"난 나보다 센 여자가 좋아."

그 말을 들으면서, 서민식은 더 이상 아무런 말도 하지 않기로 했다.

'안 듣게 하기를 잘했다.'

저것도 일종의 페티쉬인가.

서민식은 자신이 알지 못하는, 다양한 성(性)의 세계를 굳이 의식하지 않으려 애쓰면서 고개를 돌렸다.

"응?"

실없는 이야기가 끝나고서. 기막을 걷어내며, 백현은 저만

치 앞을 보았다. 정수아와 헌터들이 있던 곳. 거기서,

오싹.

백현의 전신 털이 곤두서고 살갗에 소름이 돋았다. 그건 섬뜩하고 난폭한 존재감이었다. 저것과 비슷한 존재감을 느껴본 적은 있었다.

박준환. 전대 무령이 놈의 몸에 강제적으로 강신했을 때. 백현에게 무조건적인 살의와 광기를 내비치던 무령의 존재감이 저것과 비슷했다. ……비슷한? 천만에. 무령을 아주 잘 쳐줘봐야 그 정도인 것이다. 사실 무령 따위와 비슷하다고 하는 것조차 저 존재에게는 크나큰 모욕일 것이다.

백현은 가슴이 쿵쾅거리며 뛰는 소리를 들으면서, 오돌토돌 소름이 돋은 팔뚝을 어루만졌다. 그걸 느낀 것은 백현뿐만이 아니었다. 사라도 파리하게 질린 얼굴로 백현이 보는 곳을 쳐다보았다. 드레이브도 걸음을 멈추고서 경직된 표정을 지었다. 서민식조차 벼락 맞은 것처럼 몸을 부들거리며 떨었다.

"뭐, 뭐야……?"

사라가 떨리는 목소리로 중얼거렸다.

꿀꺽.

드레이브는 마른 침을 삼키며 말브론을 들어 올렸다. 이곳에서 일어나는 일들은 전부가 그의 이해를 벗어났다. 대체 저 끔찍한 존재감의 주인은 누구란 말인가? 어비스에서 대체 누

5

가 저만한 존재감을 내비칠 수 있단 말인가. 몬스터? 그럴 리가 없다. 그렇다면 군주? 군주가 어떻게 여기에…….

"민식이랑 사라, 너희는 일단……."

이건 안 된다. 사실 괴인 하나라면 어떻게든 할 수 있다고 생각했다. 놈이 수수께끼가 많은 존재인 것은 사실이지만, 생각해 보면 놈과 작정하고 전력으로 싸워본 적도 없잖은가. 한 번쯤은 제대로 싸워볼 필요가 있다고 생각했다. 거기에 이곳에는 사라도 있었다. 드레이브는 정식 사도고, 정수아는 예비 사도다.

하지만 이건 안 된다. 길고 짧은 것은 대봐야 안다고? 이 정도로 차이가 난다면 대볼 필요도 없이 알 수 있다.

백현은 급히 사라와 서민식을 돌아보았다. 그에게 있어서 최악의 상황은 자기 자신의 죽음이 아니었다. 그거야 싸우다 보면 어쩔 수 없이 맞닥뜨릴 수도 있는 일이다. 죽으면 그것으로 끝이라는 것이 아쉽기는 하지만, 최악이라고 할 것까지는 없었다. 그렇게 종지부로서 찍힐 죽음은, 도달하는 과정 동안 백현에게 최고의 경험들을 선사할 테니. 최악은, 잃고 싶지 않은 것을 잃는 것이다.

"도망……."

급하게 내뱉은 말이 끝나기도 전이었다.

마룡왕이 왔다. 순식간이었다. 그녀는 정말로 순식간에 나타나, 하늘에 섰다. 날개도 없이 하늘에 뜬 그녀의 곁에는 수십이 넘는 헌터들이 둥둥 떠 있었다. 백현과 함께 이 도시로 들어온 탐색대. 그리고 어제부터 이곳에 있던, 운 좋게 죽지 않고 숨어 있던 헌터들 전원이었다.

놀랍게도 그들 중 죽은 이들은 단 한 명도 없었고, 이렇다 할 외상도 보이지 않았다. 그중에는 정수아도 있었다.

그녀는 마룡왕과 먼저 맞닥뜨렸던 헌터들 중 마지막까지 버텼으나, 예비 사도가 '진짜' 군주와 싸워 살아남는 것은 불가능한 일이다. 창끝처럼 날카로운 마룡왕의 꼬리는 정수아의 목을 휘감아, 그 끝을 그녀의 얼굴 한복판에 겨누고 있었다. 이윽고 꼬리의 힘이 풀렸다. 축 늘어진 정수아의 몸은 추락하지 않고 둥실 떠올라, 주변의 헌터들과 마찬가지로 마룡왕의 주변을 떠돌았다.

꿀꺽-

누군가가 마른 침을 삼켰다.

마룡왕의 전신은 적갈색의 비늘로 덮여 있었다. 그건 마치 통짜로 이루어진 전신 갑주를 입은 것 같았다. 하지만 그 비늘도 목까지만 덮고서 얼굴을 가리지는 않았기에, 마룡왕이 짓고 있는 선명한 미소는 모두가 볼 수 있었다.

그녀는 아래에 서 있는 백현과 서민식, 사라, 드레이브. 그리고 호센까지. 하나하나에 시선을 주며 미소 지었다.

마룡왕의 키는 사라나 정수아보다도 작았다. 하나 마룡왕은 160 남짓한 키로도 이곳에 있는 그 누구보다도 거대한 존재감을 발산하고 있었다. 백현은 두 눈을 부릅뜨고서 마룡왕을 올려보았다. 틀림없이, 저 존재를 무령 따위와 비견하는 것은 크나큰 모욕일 것이다.

여태까지 군주와 맞닥뜨린 적은 꽤 많았다. 무령, 재생의 뱀, 퓨어세인트. 하나 지금 백현이 느끼는 감정은 그 어느 때와 다르게 살벌했다. 그야 당연한 일이었다. 퓨어세인트도, 재생의 뱀도. 그 힘은 무령과 비교할 수 없이 강할지라도, 백현을 '적'으로 여기며 저런 시선과 기세를 내뿜은 적이 없었다. 단지 보는 것뿐인데도 눈이 아프다. 그건 마치 눈부신 태양을 올려보는 것 같은 기분이었다.

아래를 보던 마룡왕은 팔짱을 끼고서 입매를 비틀었다. 이곳에 오기 전까지의 싸움은 싸움이라고 할 것도 아니었다. 아직 마룡왕은 헌터와 사도라는 존재에 대해 제대로 이해하지 못했다. 하나 그리 대단한 존재들도 아니었고, 애초에 기대도 하지 않았기에 실망도 없었다. 그나마 재생의 뱀의 독을 사용하는 인간이 조금은 손을 쓸 맛이 났을 뿐. 하나 결국에는 인간에 지나지 않았다.

하지만 저들은 어떤가. 마룡왕은 역천자가 불살을 부탁한, '죽이기에 아까운' 인간이 누구인지 알아보았다. 그녀가 쳐다본 것은 당연히 백현이었다.

기묘했다. '헌터'라는 것들에게는 신격과의 연결 고리가 강하게 느껴졌다. 하나 저 인간과 곁에 거머리처럼 찰싹 붙어 있는 붉은 눈의 여자 인간에게는 신격과의 연결 고리가 느껴지지 않는다. 그럼에도 저들의 힘은 놀라울 정도로 강대했다. 특히 나 저 남자.

마룡왕은 두 눈을 가늘게 떴다.

'뭐지?'

그녀는 백현에게서 단순한 '힘' 외에 다른 것을 느꼈다. 그건 역천자가 느꼈던 것과 같은 친숙함이었다. 하지만 역천자가 간파하지 못했던 친숙함의 정체를 마룡왕이 간파하는 것은 불가능했다.

'그리고 저 인간.'

드레이브. 본 순간 알아차렸다. 숨길 수 없는 진한……. 퓨어세인트, 그 빌어먹을 년의 힘.

마룡왕은 작게 혀를 찼다. 설마 이곳에 퓨어세인트의 권속이 와 있음을 알았더라면, 역천자에게 살계를 열지 않겠노라고 섣불리 떠들지 않았을 터인데.

"그대."

마룡왕이 손을 들어 드레이브를 가리켰다. 대뜸 지목당하자 드레이브의 몸이 움찔 떨렸다.

"운이 좋은 줄 아시오."

대체 무엇이? 드레이브는 마룡왕의 말을 이해할 수가 없었다. 눈살을 찡그리며 드레이브를 보던 마룡왕이 서민식과 호센을 보았다.

'허어? 저것들도 참 기묘하구나.'

둘 다 템페스트, 그 미치광이의 힘이 느껴졌다. 그중 힘이 강하게 느껴진 것은 당연히 호센이었으나, 마룡왕이 기묘하게 느끼는 것은 다름 아닌 서민식이었다.

템페스트의 힘이 느껴지는 것은 기묘할 것이 없었으나, 서민식이 호센과 '연결되어 있는 것'이 기묘했다. 마룡왕은 잠시 서민식을 뚫어져라 바라보았다.

"흐음."

품평이 끝났다. 마룡왕은 만족스러운 미소를 지으며 고개를 끄덕거렸다. 이곳에 모여 있는 인간들은 방금 전에 제압한 인간들과 비교해 수는 적었어도 질은 압도적으로 나았다. 이 정도라면 오랜 잠으로 인한 나른함을 깨울 몸풀기로 충분했다. 물론 그것도 삼계를 열지 않았을 때의 이야기다. 삼계를 연다면 너무 쉽게 끝난다.

마룡왕이 품평하는 동안, 백현은 고민하고 있었다.

'여기서 어떻게 해야 할까.'

만약 이곳에 그 혼자 있었다면, 군이 고민까지 할 필요는 없었을 것이다. 싸우고 죽거나, 아니면 싸우다 도망치거나. 그래. 결국, 둘 중 하나다.

'아직은 못 이겨.'

저게 누구인지는 모른다. 하지만 저게 누구건 간에 이기는 것은 불가능하다. 전력을 다한다고 해도 결과는 바뀌지 않는다. 그 절대적인, 패배라는 결과 자체는 백현에게 절망감을 전해주지는 않았다.

문제는 이곳에 있는 것이 백현 혼자가 아니라는 것이다. 패배는 거리낄 것이 없는 일이나, 백현은 그 패배로 인해 찾아올 일들이 '싫었다'. 서민식이 죽는 것도, 사라가 죽는 것도, 정수아가 죽는 것도.

"계속 보고만 있을 셈이오?"

아래로 내려온 마룡왕은 천천히 손을 움직였다. 공중에 떠 있던 헌터들이 저 구석진 곳으로 떨어졌다.

"그리 긴장할 필요는 없소. 이곳에 있는 그대들은 모두, 똑같이 운이 좋으니 말이오."

"뭐가 운이 좋다는 거야?"

백현은 마룡왕을 노려보며 물었다. 그 질문에 마룡왕은 날카로운 이를 드러내며 웃었다.

"오늘, 지금부터. 이곳에서는 그 누구도 죽지 않을 것이오. 본녀는 살계를 열지 않겠노라 약속하였으니, 절대로 그대들을

5

죽이지 않을 것이오."

"어째서?"

백현은 그 말을 이해할 수가 없어서 다시 물었다.

"대단한 이유는 아니오. 본녀를 깨운 이가 그대의 죽음을 유보해 달라 하였기 때문이지. 하나 말이오, 그렇다 하여 그대 만 살리는 것은 참 불공평하지 않소? 홀로 살아남은 그대의 기 분도 좋지 않을 테고, 운 없이 죽게 된 이들의 기분은 말할 것 도 없지."

마룡왕의 말을 듣고 있자니 가슴속에서 투쟁심이라는 것이 불을 피웠다. 백현은 조용히 주먹을 쥐었다.

"그래서 말이오. 전부 죽이는 것이 되지 않으니, 그냥 전부 죽이지 않겠다고 마음먹은 것이오. 그리하면 참으로 공평하지 않소? 하지만 살계를 열지 않는다 하여 그냥 보내주지는 않을 것이오. 본녀의 나른함은 아직 깨어지지 않았고, 그 외에도 이 런저런 흥미가 있으니 말이오. 그러니……."

마룡왕이 성큼 앞으로 걸었다.

촤라락!

그녀의 목을 감싸고 있던 비늘이 위로 치솟더니, 투구처럼 마룡왕의 얼굴을 뒤덮었다. 적갈색의 투기(鬪氣)가 마룡왕의 몸을 뒤덮었다.

"어울려 줘야겠소."

마룡왕과 백현의 몸이 동시에 사라졌다.

그들이 진입한 세계에서 시간의 흐름은 무의미했다. 실제 시간은 일 초도 되지 않을 찰나일지라도, 백현과 마룡왕이 인지하는 시간은 무한에 근접할 정도로 길었다. 인지하는 사고는 시간을 엿가락처럼 쭉쭉 늘린다.

백현은 마룡왕이 움직이는 것을 보았고, 그녀를 놓치지 않기 위해서 마주 뛰었다.

순식간에 서로와의 거리가 좁혀졌다. 백현은 눈구멍 너머에서 마룡왕의 두 눈이 휘어지는 것을 보았다. 극성으로 운용된 파천신화공으로 백현의 두 눈이 피처럼 붉어졌다. 백현은 시커먼 강기에 휘감긴 손을 앞으로 내밀었다.

빠직.

서로의 손이 맞부딪치기 전에 공간이 뒤틀렸다. 일그러진 풍경 속에서 백현과 마룡왕의 손이 충돌했다. 부풀어 오른 흑색 강기가 마룡왕의 손을 침범했다.

투구 너머에서 마룡왕이 비죽 웃었다. 비늘 위를 뒤덮던 백현의 강기가 흩어졌다. 손목이 으스러지는 것 같은 격통이 느껴졌다. 백현은 즉시 맞닿은 주먹을 빼면서 허리를 비틀어 반대쪽 손으로 일장을 날렸다.

마룡왕의 흉부에 백현의 일장이 닿았다. 하나 백현이 의도한 내가중수법은 마룡왕의 비늘을 요동치게 하는 것에 그쳤다.

"그러고 보니."

이 순간은 일 초도 되지 않는다. 그런데도 마룡왕의 목소리는 여유를 담아 또렷하게 들렸다.

"통성명도 하지 않았군. 본녀의 신명은 마룡왕이라 하오만, 그대의 이름은 무엇이오?"

그렇게 말하는 중에도 마룡왕의 손은 우직하게 밀고 들어온다. 백현은 허리를 뒤로 젖히면서 발끝으로 마룡왕의 턱을 걷어찼다.

터억!

마룡왕의 손이 백현의 발목을 붙잡았다.

"버릇이 없군."

마룡왕이 큭큭 웃으며 백현의 몸을 땅에 내리찍었다.

꽈앙!

느려졌던 시간이 제대로 흐른다. 땅바닥은 미사일이 떨어져 터진 것처럼 박살 났고, 백현의 몸이 크게 튕겼다.

"현아!"

서민식이 비명을 질렀다. 죽어도 이상하지 않을 정도로 요란했지만, 당연히 백현은 죽지 않았다.

'아.'

등판이 찌르르 울리는 것이 무진장 아팠다. 이런 아픔은 굉장히 오랜만이었다. 생각해 보면 무령과 싸울 때도 이 정도로 아픈 적은 없었다.

연리운, 카르파고의 합공을 받을 때? 그때도 죽을 정도로 아프긴 했지만……. 지금과는 상황이 다르다.

"이 ×발 년아!"

서민식은 괴성을 지르며 손을 양손을 치켜들었다.

화아악!

그 손짓으로 정령들이 소환되었다. 하지만 서민식의 부름과 명령을 받은 정령들의 공격은 마룡왕에게 아무런 타격도 전해 주지 못했다.

마룡왕은 쯧 혀를 차면서 서민식을 향해 손끝을 튕겼다.

'온다.'

서민식은 급히 정령을 통해 방어를 펼쳤지만, 그 방어는 무참히 찢겼다.

퍼억!

무형의 힘이 서민식의 배를 쑤시고 들어갔다. 바닥을 나뒹군 서민식은 배를 부여잡고서 먹은 것을 게워냈다.

바닥에 한 번 처박히고, 그 충격으로 튀어 오르는 백현을 보고서. 사라의 이성이 뚝 끊어졌다. 그녀는 미치광이처럼 포효하면서 땅을 박찼다. 시뻘건 화기(火氣)에 휘감긴 사라의 몸이 혜성처럼 긴 꼬리를 남기며 마룡왕에게 쇄도했다.

마룡왕은 투구 너머에서 웃는 소리를 내며 양손을 들어 올렸다. 그녀의 권능은 아주 간단했다. 마룡족인 그녀는 마법이나 사술 같은 이능 따위는 쓰지 않는다. 타고나 단련한 투기. 그를 극한으로 제련한 용마력(龍魔力)은 그 어떤 이능보다 강력하다. 또한, 그녀의 전신을 뒤덮은 비늘은 세상 그 무엇보다 견고한 방어다.

꽈, 꽈앙!

거듭해서 폭발이 터졌다. 백설염화천무의 화염강기가 마룡왕을 집어삼켰지만, 그녀는 초고온의 화염 속에서도 아무런 위협을 느끼지 않았다. 이런 상대는 처음이었다. 도원경에서 싸웠던 백현조차도 화염강기를 정면으로 뚫고 들어오는 미친 짓은 벌인 적이 없었다.

사라는 화염을 뚫고 다가오는 마룡왕을 보며 헉하고 숨을 삼켰다. 어느새 마룡왕이 사라의 코앞까지 다가왔다. 사라의 왼손에 새하얀 냉기가 모였다. 한설강기가 전면으로 뿜어졌다. 마룡왕의 비늘 표면이 급속도로 얼어붙으면서 새하얀 서리가 꼈다. 하지만 마룡왕의 비늘은 얼어붙어 깨질 정도로 무르지도 않았고, 그녀의 힘은 이깟 냉기에 멈출 만큼 나약하지도 않았다.

빠직, 빠지직!

마룡왕이 성큼성큼 걸을 때마다 얼음이 박살 나는 소리가 났다. 그런 마룡왕의 등 뒤를 백현이 덮쳤다. 뒤돌아볼 필요도 없었다. 재빠르게 움직인 꼬리가 백현의 공격을 막아냈다.

그 사이에 몇 걸음 뒤로 물러선 사라가 양손을 가슴 앞으로 모았다. 화염강기와 한설강기가 한곳에 모여 뒤섞였다.

"호오."

마룡왕이 작은 탄성을 내질렀다. 섞일 수 없는 정반대의 힘이 백설염화천무의 흐름에 따라 뒤섞여 원이 되었고 태극의 문양을 그렸다.

"무궁휘광(無窮輝光)."

사라가 씹듯이 내뱉었다.

일직선으로 쏘아진 힘이 마룡왕을 덮쳤다. 마룡왕은 피하지 않고서 두 다리에 힘을 주었다. 백현은 저 무식한 공격에 휘말리지 않기 위해 높이 뛰어올랐다.

드드득!

마룡왕의 몸이 뒤로 조금 밀려났다. 고작 그것뿐이었다. 사라의 눈에 짧은 경악이 스쳤다. 하지만 백현은 당황하지 않고서 마룡왕의 머리 위로 뛰어내렸다.

그는 이미 쇄혼을 통해 육체를 한계 너머로 각성시킨 상태였다. 단순 강기로는 안 된다. 백현의 두 손이 흑운에 휘감겼다. 마룡왕은 백현이 의념지기를 사용하는 것을 알아보았다.

"과연!"

그녀 역시 의념지기가 무엇인지는 이해하고 있었다. 저건 무(武)에만 국한된 힘이 아니다. 부르는 말이 다를 뿐이지 마법 같은 이능에도 저와 같은 개념은 존재한다. 필멸자가 어떤 한 분야를 극한으로 단련하여 존재의 한계를 넘어, 탈각을 앞두게 되었을 때 허락된 힘. 오직 저것만이 필멸자로 하여금 신에게 도전할 수 있게끔 만들어 준다.

그렇다. 수많은 필멸자 중 선택된 극히 일부만이, 간신히 신격에 대한 도전권을 획득하는 것이다.

마룡왕의 손가락이 우둑 꺾였다.

꽈직!

주먹과 주먹이 부딪쳤다.

"그대는 탈각해 가고 있구려."

마룡왕이 소곤거렸다.

"하나 알고 있소? 신격은 평등하지 않소. 똑같은 인간이라 해도 날 때부터 타고난 자질이 나뉘고 성장하며 그 차이가 아득히 벌어지거늘. 인간에서 갓 탈각한 존재와 진즉부터 신격이었던 존재가 어찌 같을 수 있겠소?"

백현은 자신의 주먹이 부서진 것을 느꼈다.

"그대의 자질과 의기는 대단하오나, 본녀에게 도전하는 것은 수백 년은 이르오."

그대도 다를 것 없소. 마룡왕의 말은 등 뒤를 덮친 사라에게 향한 것이었다.

꽈앙!

휘두른 꼬리가 사라의 몸을 가격했다.

"죽이기에는 아깝다라……. 아하하! 과연, 그 말대로요. 본녀가 알고 있는 인간은 약하면서 탐욕스럽고 오만하여 도저히 예쁘지 않은 존재들이었는데, 그대들은 다르구려. 탐욕과 오만은 아직 모르겠으나 약하지는 않소."

마룡왕은 큰 소리로 웃었다.

"×바알……."

서민식은 거친 숨을 몰아쉬면서 양손으로 땅을 짚었다. 위장이 찢어지는 것 같은 기분이었다. 그는 눈동자를 들어 앞을 보았다. 흐린 시야에서 백현과 사라가 저 뭔지 모를 괴물과 뒤엉켜 싸우는 것이 보였다.

'또다.'

×같은 기분이었다. 서민식은 이를 꽉 씹으며 양손으로 땅을 긁었다. 아주 큰 도움이 될 것이라는 기대 따위를 한 것은 아니었다. 그는 나름대로 자기 주제와 분수를 잘 알았다. 한국 1위니 플래티넘 랭크니 어쩌고 해봐야, 친구인 백현에 비하자면 그는 한참이나 약했다.

안다. 그렇다고 해도, 마냥 뒤에서 보고 싶지 않았을 뿐이다. 친구가 자기 자신과는 전혀 다른 '괴물'이라는 것을 인정하고 싶지 않았다. 같은 위치에 설 수는 없더라도 멀지 않은 곳에서 따라 걷고 싶었다. 남들이 안 오는 북쪽으로 온 것도. 어

5

비스에서 살다시피 하면서 몬스터를 사냥하고, 미조사 지역을 탐색한 것도. 과한 총애를 보여주는 템페스트에게 왜 사도를 시켜주지 않느냐 투정을 부린 것도.

'×같네, 진짜.'

언제였더라.

'나는 보통 사람이 아니잖아.'

쓸데없는 말을 들었기 때문이다. 아무렇지도 않다는 듯 웃으면서 하던 말이 ×같았다. 더 ×같았던 건, 그 말을 들었을 때. 똑같이 아무렇지도 않단 표정을 지으면서, '너 보통 사람인데, 병신아'하고 평소처럼 대답해 주지 못했다는 것이다. 결국에는 마음속으로 친구를 보통 사람이 아닌 괴물로 취급하고 있었다는 것이다.

그게 역겨울 정도로 싫었다. 의식하지 않으려 애쓰는 괴리감이, '의식하지 않으려' 한다는 것 자체가 싫었다. 변한 것은 없다. 친구는 그냥 친구였다. 놈은 아무것도 변하지 않았다. 그냥 좀, 말도 안 되게 세졌을 뿐이다.

20년?

'×발, ×까라고 해.'

서민식은 비틀거리며 일어섰다. 도원경이니 뭐니……. 친구는 저만치 멀어지고, 나는 여기 그대로. 쫓아가기 위해 애를 쓰고 있지. 사도가 되면 곁에 설 수 있을 줄 알았다. 열등감? 아니, 그냥. 진짜로 그냥. 친구니까.

머리가 깨질 것처럼 아팠다.

"안 돼."

어느새 눈을 뜬 호센이, 그의 것이 아닌 목소리로 비명을 질렀다.

9장
이름

눈앞에 번쩍 빛이 터졌다.

'뭐야?'

화들짝 놀라서 몇 걸음 뒤로 물러선다. 하지만 몸이 움직이는 기분이 들지 않았다. 멀리서, 아주 멀리서 무슨 소리가 들렸다. 그건 망가진 TV에서 나오는 지직거리는 노이즈와 닮아 있었다. 그 소리가 조금씩 바로잡힌다.

-네 이름을 뭐로 해야 할까?

목소리가 들렸다. 처음 듣는 목소리였다. 서민식은 우두커니 서서 앞을 보았다. 어느새 그는 어딘지 모를 곳에 서 있었다. 목소리의 주인은 등을 돌리고 서 있어서, 대체 어떤 놈인지 알 수가 없었다.

하지만 이거 하나는 알겠다. 뭘 처먹은 건진 몰라도 놈의 목소리는 기름이 좔좔 흘러서 듣기가 거북했다. 목소리뿐만이 아니라 말투도 마찬가지였다. 말투 하나하나에 젠틀함과 매너가 묻어나오는 것이, 여자 꼬드기는 것에 도가 튼 놈 같았다.

하지만 목소리, 말투와는 다르게 패션 감각은 못 봐줄 정도였다. 대체 시대가 어느 때인데 저딴 로브를 입고 다닌단 말인가? 서민식은 눈살을 찌푸리며, 놈이 입고 있는 연보라색의 로브를 보았다. 색깔도 마음에 안 드는데 무늬는 또 가관이었다.

'별? 저거 별이지?'

☆모양이 큼직큼직하게 박힌 것을 보며 서민식은 헛웃음을 흘렸다. 거기에 해리포터에나 나올 법한 커다란 모자까지! 가끔 하이로드나 위치엔드 같은 군주와 계약한 마법사 중에 유별나게 티를 내고 싶어 하는 관종 놈들이 저런 꼴을 하고 다니면서 비웃음을 당하는 일이 있긴 했다.

사실 서민식도 로브 자체는 막 입기에도 편하고, 매물도 많아서 애용하긴 했지만 별 모양은 좀 아니지 않은가?

-네 탄생은 신의 축복이란다.

느끼한 목소리가 다시 들렸다. 하지만 놈의 앞에는 아무도 없었다. 대체 누구랑 말하는 거야? 서민식은 고개를 빼고서 놈의 어깨너머를 훔쳐보았다. 놈이 말을 거는 것은, 소중한 듯이 모은 양 손바닥 위에 올려진 투명한 유리 용기였다.

'미친놈인…….'

그런 생각을 한순간. 서민식은 유리 용기 안에서 '무언가'가 꿈틀거리는 것을 보았다. 그건…… 다양한 색이 뒤섞인 연기? 혹은 투명한 물에 종류별로 물감을 들이부어, 이제 막 뒤섞이기 시작한…….

두근.

가슴이 빠르게 뛰었다. 머리가 욱신거리며 아팠다. 다시 지직거리며 노이즈가 들렸다. 플라스크 안에서 꿈틀거리는 무언가가 하나로 뭉쳤다. 여전히 그건 뭔지 모를 해괴망측한 존재였고, 온갖 색으로 구성되어 있었다.

그 아래쪽에 얇은 선이 그려지더니 쩍 갈라졌다. 참 이상하게도. 그건 어딜 봐도 '입'으로는 보이지 않았다. 입술도, 이빨도, 혀도 없었다. 그런데도 서민식은 그 선이 입이라고 생각했고, 휘어진 곡선을 웃음이라고 받아들였다.

"으악!"

두통이 강해졌다. 머리가 깨질 것 같았다. 서민식은 비명을 지르며 양손으로 머리를 감싸 쥐었다. 그 순간에 그가 보고 있던 모든 것이 박살 났다.

서민식은 헉하고 숨을 삼켰다. 비명을 질렀다고 생각했는데, 그는 비명을 지른 적도 없었다. 그는 숨을 몰아쉬며 주변을 둘러보았다.

쾅, 콰앙.

싸움의 소리가 시끄럽다. 백현과 사라는 여전히 마룡왕과 싸우고 있었고, 어느새 드레이브도 그 싸움판에 끼어 있었다.

'뭐야?'

방금 뭘 본거지? 서민식은 흐트러진 숨을 가다듬으며 양손을 내려 보았다. 손톱엔 흙이 껴 있었다. 땀에 범벅이 된 손바닥은 흙탕물에 푹 젖어 있다. 일어서서…… 두통과 그다음에…….

'정신병원이라도 가야 되는 거 아니야?'

환청과 환각. 마약 같은 건 손에 댄 적도 없는데. 우스갯거리처럼 생각해 보려 해도, 단순히 그렇게 치부할 일이 아니라는 것은 서민식도 잘 알았다.

호센은 우두커니 서 있었다. 안 돼, 라고 했던 것이 그가 한 최후의 외침이었다. 호센의 눈은 여전히 만화경을 닮아 번쩍거렸으나, 아까와 같은 분위기는 아니었다.

"……하하."

서민식은 어이가 없어서 헛웃음을 흘렸다. 누가 알려주지도 않았는데, 서민식은 본능적으로 알았다. 그는 고개를 돌려 호센을 응시했다. 순간적인 죄책감이 서민식의 마음을 붙잡았다.

콰아앙!

또다시 커다란 소리에 서민식은 고개를 돌렸다. 드레이브가 방패와 함께 바닥을 뒹굴고 있었다. 그다음에는 왼팔을 축 늘어뜨린 백현이 마룡왕에게 뛰어드는 것이 보였다.

백현과 서민식의 눈이 마주쳤다.

[튀어!]

서민식의 머릿속에 백현의 전음이 울려 퍼졌다. 당연한 말이었다.

'살계를 열지 않겠다.'

마룡왕은 그렇게 말했지만, 그 말이 번복될 가능성은 얼마든지 있을 테니까. 자존심이 상하거나 그런 문제가 아니다. 세상의 모든 친구 관계가 그렇지는 않겠지만, 백현과 서민식은 친구를 넘어 형제와 같았다.

'내가 너 대신 죽을 생각은 없는데.'

진짜로. 목숨은 하나뿐이고, 소중한 것이니까. 하지만 지금 보면 꼭, 백현은 서민식을 위해 죽을 수도 있다는 것처럼 보였다.

'언제부터 그런 대인배가 되셨는지.'

죄책감에 다른 감정이 덧칠되었다. 서민식은 자신에게 왜 이런 일이 벌어진 것인지는 제대로 이해할 수 없었다. 하지만 저렇게 변해 버린 호센이 어떤 결말을 맞이할지는 알 수 있었고, 지금의 자신이 무엇을 할 수 있는지도 알았다.

심장이 평소보다 빠르게 뛰었고, 머리가 찡했다. 서민식은 손을 들어 왼쪽 눈을 감쌌다. 이상하리만치 왼쪽 눈이 뻐근했다. 손을 내렸을 때, 서민식의 왼쪽 눈동자 안쪽에서 빛이 켜졌다.

호센의 몸이 파르르 떨렸다. 힘을 잃어 흐릿했던 그의 두 눈에 다시 빛이 돌아왔다. 서민식은 울적한 눈으로 호센을 보며 손을 뻗었다.

호센의 피부가 쩍쩍 갈라졌다. 균열은 순식간에 그의 전신으로 번졌다. 그리고.

퍼엉!

호센의 몸이 터졌다. 그리고, 호센이 있던 곳에는 여러 종류의 빛이 뒤섞인 덩어리만이 남았다.

정령이었다. 애초부터 여기 있던 것은 호센의 거죽을 뒤집어쓴, 호센이 아닌 존재였다. 서민식은 완전히 정령의 모습으로 변한 호센을 잠시 씁쓸한 눈으로 바라보았다.

"×같네, 진짜."

서민식은 작은 소리로 중얼거리며 손을 움직였다. 우우우!
정령의 몸체가 요동쳤다.

호센이었던 정령은 본래 서민식이 권능으로서 다루던 불, 물, 바람, 땅의 사대 정령 중 그 어느 속성도 띄고 있지 않았지만 바란다면 그 어떤 속성이든 사용할 수 있었다. 애당초 이건 템페스트의 권능으로 불러들인 정령도 아니다. 사도가 되어버린 호센을, 이유는 알 수 없지만, 서민식이 멋대로 명령권을 쥐고서 사용하고 있을 뿐이다.

신경도 쓰지 않던 곳에서 느껴지는 강대한 힘에 마룡왕은 고개를 돌렸다. 그녀는 빛이 뒤섞인 정령을 보면서 탄성을 내질렀다.

"템페스트?"

타당한 오해였다. 비록 '진짜' 템페스트와 비교하면 힘이 한참이나 부족하긴 했지만, 저 정령은 10년 전의 어비스에서 폭풍과 함께 난동을 부리던 템페스트의 모습과 똑같았다.

"민식이 너⋯⋯."

백현도 놀라서 눈을 크게 떴다.

뻐어엉!

'정령'이 마룡왕에게 돌진했다. 그 순간에 정령의 몸이 바람에 휘감겼다. 그건 여태까지 서민식이 다루었던 바람과 비교가 안 되는 거센 폭풍이었다.

꽈아앙!

마룡왕의 몸이 뒤로 쭈욱 밀려났다. 단순한 바람이 아니다. 템페스트의 무식하기 짝이 없는 힘이 그대로 담긴 공격이다. 마룡왕은 공격을 방어한 비늘 끝이 너덜거리는 것을 힐끗 보았다.

'인간이 신을 사역하는가?'

그렇게 생각할 수밖에 없었다. 저 정령은 틀림없는 템페스트의 분신. 자의식이 허락되지 않는, 그저 거대한 힘의 덩어리일 뿐이다. 하지만, 단순무식한 힘의 덩어리라고는 해도 템페스트의 분신. 실로 대단한 위력이지 않은가.

"아하하!"

마룡왕은 큰 소리로 웃음을 터뜨렸다. 그저 몸풀기라고 생각했거늘, 그 이상으로 즐거운 유희가 되어버렸다.

인간을 통해 체현되었다고는 하나, 지금 그녀는 템페스트와 퓨어세인트를 동시에 상대하고 있었다. 또한, 저 신격을 섬기지 않는 저 두 명의 남녀는 신격을 갖지 않았다뿐이지 무령, 그 버러지 이상으로 무에 정통했다.

'뭐 저런 괴물이······!'

드레이브의 얼굴이 일그러졌다. 이런 이야기는 전혀 듣지 못했다. 신은 그를 이곳에 보내면서 대수롭지 언제나 하던 것과 다를 것 없는 선행이며 신앙의 전파를 위한 행사라고 하였을 뿐이다.

'신이시여, 왜 저에게 이런 시련을······.'

시련. 시련?

'아아!'

시련이라는 단어와 함께 그의 얼굴에 환희가 스쳤다.

그렇다. 이건 신이 그를 위해 준비한 시련인 것이다. 그렇다면 신이 왜 미리 이것들에 대해 알려주지 않았는지에 대한 의

문도 풀린다. 미리 알아 대비한다면 시련에 의미가 있는가? 드레이브는 경건한 마음으로 말브론을 들었다.

그렇다. 이 지하에서 벌어지는 모든 일이 위대한 신이 내리는 시련. 하나뿐인 사도를 위해 안배한 시련인 것이다.

'저 여자도 시련의 일부.'

드레이브는 분전하는 사라를 힐긋 보았다. 그녀는 악을 써가며 화염강기과 한설강기를 내뿜고 있었다. 처음에는 신이 저 여자를 특별히 여기는 것에 비틀린 감정을 느꼈다. 하지만 그조차 신의 안배였다면? 이 시련을 통해 사도의 신앙심을 시험해 보고자 하는 것이었다면!

아아, 드레이브는 가슴 깊은 곳에서 죄책감을 느꼈다.

'미천한 종복이 신의 뜻을 헤아리지 못하였나이다.'

드레이브가 손에 쥐고 있던 글라디우스가 빛이 되어 사라졌다. 이 모든 것이 신이 안배한 시련이라 멋대로 판단한 순간, 드레이브는 이 답이 보이지 않는 상황에 대한 모든 절망을 벗어버렸다.

누군가가 말했잖은가. 신은 이겨낼 수 있을 만큼의 시련만 준다고. 틀림없이 그럴 것이다. 이 시련은 드레이브를 죽이기 위한 것이 아니다. 그의 신앙을 시험하기 위한 것에 지나지 않는다. 지금 당장 신의 목소리는 들리지 않고 있지만, 틀림없이 신은 그를 지켜보고 있을 것이다.

'믿나이다.'

드레이브의 손이 빛을 움켜쥐었다. 성검(聖劍) 아스트로. 세상에 알려지지 않은 퓨어세인트의 두 번째 신물이 모습을 드러냈다. 아스트로의 검신이 찬란한 빛을 발했다.

화염에 휘감긴 폭풍이 마룡왕의 몸을 밀어냈을 때, 드레이브는 말브론과 함께 마룡왕에게 전진했다.

공격보다는 방어를 위주로 했던 여태까지와는 전혀 다른 태도였다. 그 행동은 굳건한 신앙심 덕분이었다. 마룡왕은 쭉 찌르는 아스트로의 검 끝을 보았다.

"했던 말을 번복할 수도 없고."

솔직히 빌어먹을 퓨어세인트를 섬기는 저 인간은 때려죽여 버리고 싶었다. 하지만 이미 한번 뱉은 말. 맹세 따위는 하지 않았지만, 번복은 마룡왕의 자존심이 용납지 않았다.

마룡왕의 손에서 우둑거리는 소리가 났다. 아주 잠깐. 마룡왕의 오른손이 크게 부풀었다. 의태(擬態)를 풀고 나타난 진짜 마룡의 손이 아스트로의 빛을 통째로 삼켜버렸다.

'신광(神光)이……'

드레이브의 눈이 크게 떠졌다.

그는 알 리가 없었지만, 애당초 이건 시련 따위가 아니었다. 그렇기에 극복하는 것은 불가능했다.

꽈앙!

5

마룡왕의 손이 드레이브를 말브론과 함께 통째로 후려쳤다. 말브론에 쩍하고 커다란 금이 갔고, 그는 피를 뿜으며 허공을 날았다.

"유희는 끝났소."

마룡왕이 작은 소리로 말했다. 그다음에 그녀가 노린 것은 서민식이었다. 그가 부리는 힘은 틀림없는 템페스트의 것이었지만, 아직까지 저 힘을 다루는 것은 미숙해 보였다.

"정진하시오."

거대한 용의 팔이 정령을 꿰뚫었다. 그 순간 마룡왕의 눈이 크게 떠졌다. 꿰뚫린 정령이 펑하고 터지더니, 무수히 많은 정령이 되어 마룡왕을 덮쳤기 때문이다.

"뒈져!"

서민식이 악을 썼다.

콰콰콰쾅!

어마어마한 위력의 폭발이 마룡왕의 몸에 집중되었다. 폭발 속에서 마룡왕의 몸이 크게 휘청거렸다.

"아…… 하…… 아핫!"

폭발의 연기가 삽시간에 꺼졌다. 드러난 마룡왕의 몸은 군데군데 비늘이 사라져 맨살이 드러나 있었다. 하나 마룡왕은 굴욕보다는 감탄을 담아 서민식을 쳐다보았다.

"본녀가 실언하였군. 그대는 충분히 정진하였구려."

하지만 부족하다. 만약 방금의 공격을 진짜 템페스트가 한 것이라면 이 정도로 끝나지 않았을 것이다. 애당초 진짜 템페스트와 싸우는 것이었더라면 마룡왕도 어설픈 공격을 하지 않았겠지만 말이다.

서민식은 회심의 일격이 마룡왕에게 먹히지 않았다는 것에 경악했지만, 아찔한 두통에 자리에 주저앉았다.

"뭐, 뭐야……?"

"그대의 격에 허락되지 않은 힘이었소. 그대로 앉아 쉬고 계시오."

그렇게 말하면서, 마룡왕은 양손을 들었다.

터턱!

오른쪽에서 달려든 백현의 주먹이 마룡왕의 오른손에 잡혔고, 왼쪽에서 온 사라의 일장이 마룡왕의 왼손에 잡혔다.

"그대는 너무 감정적인 면이 있소. 그대보다 강한 자와 싸울 때는 보다 이성적으로, 먼 곳을 보려 하시오. 그리 정진하다 보면 언젠가 탈각을 이룰 수 있을 거요."

마룡왕은 눈을 부릅뜬 사라를 향해 샐쭉 웃으며 말했다. 그리고, 마룡왕은 고개를 돌려 백현을 보았다. 그녀의 얼굴을 덮고 있던 비늘이 흩어졌다. 마룡왕은 쩝 입맛을 다시며 창백한 백현의 얼굴을 응시했다.

"그리고, 그대는 언제쯤 본녀에게 이름을 알려줄 생각이오?"

대답하지 않았다.

타탁!

백현과 사라는 거의 동시에 마룡왕의 손아귀에서 벗어났다. 마룡왕이 쯧쯧 혀를 찼다.

"유희는 끝났다고 말하지 않았소?"

중얼거리는 말.

꽈직!

사라의 몸이 땅에 처박혔다. 비늘에 휘감긴 거대한 손에는 이전과는 비교가 안 되는 위력이 실려 있었다.

마룡왕이 빙글 몸을 돌렸다. 길쭉한 꼬리가 땅에 부딪히고 들썩 튀어 오른 사라의 몸을 때려 갈겼다.

콰당탕!

사라가 땅을 뒹굴었다. 짧은 비명과 함께 사라의 의식이 멀어졌다. 포악한 용마력이 백현을 덮쳐온다.

백현은 그것을 정면으로 찢으며 마룡왕에게 뛰어들었다. 그는 바닥에 엎어진 서민식이 끝내 정신을 잃는 것과 경련하던 사라의 눈에 빛이 사라지는 것을 보았다.

주먹이 잡혔다. 힘을 주어 밀어보지만, 앞으로 나아가지 않는다. 뒤로 당겨보아도 마찬가지다. 마룡왕의 손에 잡힌 주먹은 미동도 하지 않았다. 백현은 작게 헛웃음을 흘리며, 커다랗게 변한 마룡왕의 손을 쳐다보았다.

"이쪽이 본신(本身)이신가?"

"본녀의 질문은 답하지 않으면서 제 궁금한 것만 묻는 것이오?"

"백현."

"이제야 이름을 알게 되었구려. 본신, 본신이라······. 너무 불쾌해할 필요는 없소. 지금 본녀가 취한 몸뚱이는 미적인 취향에 따른 것은 아니니 말이오."

마룡왕은 그렇게 말하면서 이를 보이며 웃었다.

"이 몸뚱이가 본녀에게 있어서 최적의 전투 형태이기에 이 모습을 하고 있는 것이오."

"힘이 다른데?"

"그건 어쩔 수 없는 일이라오. 굳이 말하자면 추구하는 방향이 다르다고나 할까."

뚜둑. 뚜두둑······.

여전히 잡혀 있는 백현의 팔이 아래로 내려갔다.

'어떡하지?'

절대로 이길 수 없는 상대와 싸운 적은 많다. 하지만 언제나, 그런 싸움에서 백현은 혼자였다. 패배한 뒤를 생각할 필요는 없었다.

'잃고 싶지 않아.'

그런 자신이 솔직히 의외였다. 무공을 수행하고, 싸우는 것 외에 다른 것에 마음을 쏟게 되리라 생각한 적은 없었다.

사실 지금도 혼자였다면 앞뒤 가리지 않고 마룡왕에게 덤볐을 것이다. 하지만 그럴 수 없었다. 그러고 싶다는 마음이 계속해서 들기는 한다. 저만큼이나 강한 상대. 백현이 여태까지 싸웠던 상대 중에서 단연 제일이다. 저 정도라면 '신격'이라 주장해도 충분할 정도였다. 한데, 싸우고 싶다는 그 마음을 무언가가 자꾸 붙잡는다. 그래서는 안 된다. 그렇게 해버렸다가는…….

백현은 사라를 쳐다보았다. 그녀는 바닥에 축 늘어져 있었다. 방금 전의 공격은 그 일격으로 사라의 의식을 깔끔하게 끊어버렸다. 그 근처에 서민식이 쓰러져 있었다. 그리고 아직까지 정신을 잃고 있는 정수도. 솔직히 그 외의 사람들은 알 바 아니다. 저 셋이 아니었으면 백현은 그냥 하고 싶은 대로 했을 것이다.

'아.'

난 아주 미치지는 않았구나. 문득 그런 생각이 들었다.

"……유희는 끝났다고 했지?"

백현은 주먹에 쏟아붓고 있던 힘을 뺐다. 마룡왕의 두 눈에 이재가 흘렀다. 그녀는 백현에게서 들끓던 투쟁심이 천천히 꺼지는 것을 느끼고서 고개를 갸웃거렸다.

"그렇소. 그리 말했소."

"그러면. 이제 가도 되는 건가?"

"……흠?"

마룡왕은 두 눈을 크게 뜨고서 백현을 쳐다보았다.

"그것으로 충분하겠소?"

마룡왕은 백현을 똑바로 쳐다보며 물었다. 백현은 심드렁한 표정을 지으며 어깨를 으쓱거렸다.

"사실 충분하진 않지만, 뭐 어쩌겠어?"

"마음을 접은 이유가 무엇이오?"

마룡왕이 다시 질문했다.

"패배를 직감해서가 아님은 본녀도 알고 있소. 그대는 그 결과를 시작했을 때부터 알고 있었을 것이오. 한데, 왜 이제 와서 마음을 접은 것이오?"

"나 혼자만 있는 것이 아니니까."

무덤덤한 대답이었다.

마룡왕은 그것이 가장(假裝)한 감정임을 간파했다. 그의 투쟁심은 꺼진 것처럼 보였으나 아직 미약한 불씨가 남아 있었다. 마룡왕은 자신도 모르게 풋 웃어 버렸다.

"만약 이곳에 그대 혼자 있었다면 어땠을 것 같소?"

"싸웠겠지."

"이길 수는 없었을 것이오."

"그건 나도 알아."

"알면서도 싸움을 걸었을 거란 말이오?"

"지는 것이 뭐 어때서?"

"본녀가 살계를 열었다 하여도?"

"네가 날 죽이고말고가 중요한 게 아니야. 네가 나보다 강한 게 중요한 거지."

"하하!"

마룡왕은 웃음을 터뜨리면서, 아직 잡고 있던 백현의 손을 놓았다.

"힘없이 말만 앞서는 자는 많지만, 그대는 아니로군. 백현. 그대의 이름은 기억하도록 하겠소."

과연, 역천자가 아깝다 여길 만도 했다. 타고난 성정(性情)이 자질과 저렇게 궁합이 잘 맞는 이는 흔하지 않다.

마룡왕은 살계를 열지 않았음을 다행이라 여겼다. 저 인간이 어떤 형태의 꽃을 피울지는 아직 모르는 일이지만, 그녀는 아직 피지 않은 꽃을 제 손으로 꺾고 싶지 않았다.

"그대와는 다음에 또 만날 것 같구려."

백현은 잠시 마룡왕을 쳐다보다가 몸을 돌렸다. 그는 쓰러져 있는 헌터들을 향해 손을 뻗었다. 수십에 달하는 헌터들이 격공섭물을 통해 붕 떠올랐다. 그 뒤에, 백현은 사라와 서민식, 드레이브를 격공섭물로 공중에 띄웠다.

'졌다.'

그것도 압도적으로. 백현은 마룡왕의 웃음소리와 시선을 느끼면서 천천히 걸었다. 걸음이 잘 떨어지지 않았다. 이대로 가고 싶지 않았다. 더 싸우고 싶었다. 패배 자체는 납득할 수 있었다. 나는 저 여자, 마룡왕보다 약했다. 그녀는 무령과 비교가 안 되는 진짜 신격이었다.

'저 정도면 신이라 할 만하지.'

무령에겐 그런 위엄이라곤 느껴지지 않았는데, 마룡왕이라면 인정하고도 남았다. 아니면 저 힘도 신격에 의한 것인가?

'아니, 아니야. 신력을 사용하는 것 같지는 않았어.'

방금의 싸움에서 마룡왕은 생각보다 더 많은 여유를 두고 있었다는 것이다. 그 사실을 알고서 백현은 피식거리며 웃었다. 더 해봐도 돌파구는 보이지 않을 것이다.

'다행이야.'

그런 생각이 들었다. 그리고 백현은 가슴 속에 남은 미련을 밀어냈다. 다음에 또 만날 것 같다고, 마룡왕은 그렇게 말했다. 틀림없이 그렇게 될 것이다. 마룡왕이 그를 찾아오지 않는다고 해도, 백현이 마룡왕을 찾아갈 것이다. 그리고 그때는. 오늘처럼 되지 않을 것이다. 한 번 패배를 겪은 이상, 다음에 싸울 때는 무조건 이전보다 나아져야 한다.

그에게 있어서 패배란 언제나 그런 것이었다. 패배 뒤에 또 다시 패배가 있을지언정, 그 모든 패배는 언젠가의 승리를 위한 양분이었다.

백현은 땅을 박차고 앞으로 뛰었다. 나보다 더 강한 상대가 많다는 것이 다행이다. 마냥 그게 좋았다. 무령과 싸워 이기고서 군주, 신격이라는 존재들에게 회의감을 가졌는데. 마룡왕의 강함은 백현이 느꼈던 모든 회의감을 일소해 주었다.

'탈각.'

마룡왕은 탈각에 대해 말했었다. 탈각을 이루었을 때. 그때의 나는 지금의 나일까, 아니면 전혀 다른 존재인 걸까. 만약 그때 무령을 죽이는 것을 연리운에게 양보하지 않았더라면? 그렇게 신격을 손에 얻었더라면, 마룡왕과 싸워 이길 수 있었을까?

'무의미해.'

이미 지난 일이다. 그때로 돌아갈 수 있다고 해도, 백현은 그런 식으로 신격을 얻고 싶은 생각은 없었다. 철혈궁을 부담하고 싶지도 않았거니와, 그리 해서 얻은 신격에 무슨 가치가 있단 말인가?

그런 생각을 하는 중에, 백현은 어느새 도시의 끝에 도착해 있었다. 그는 조금의 아쉬움을 담아 뒤를 쳐다보았다. 풀리지 않은 의문들이 많았다.

"가면 쓴 새끼."

괴인. 놈의 발밑에 있던 괴물은 사라와 드레이브에게 죽었다. 하지만 괴인의 앞에서 꿈틀거리던 여섯 개의 살덩이가 신경 쓰였다.

'마룡왕.'

추측은 어렵지 않았다. 마룡왕이 직접 인정한 말은 아니었으나, 그녀 역시 군주임은 틀림없었다. 하지만 13 군주 중에 마룡왕이라는 신명을 가진 이는 없었으니, 그녀가 10년 전에 어비스에서 활동하다가 타락했다는 7명의 군주 중 하나인 것은 확실했다.

그래도 다섯이 남는다. 사라와 드레이브에게 죽은 괴물. 마룡왕. 남은 다섯은 누구지?

괴인이 타락한 군주들을 깨우고 있는 것은 확실하다. 하지만 놈이 바라는 것이 무엇인지 모르겠다.

'그 목소리도.'

어둠을 밝혀주었던 빛의 정체도 모르겠다. 백현은 쯧 혀를 차면서 고개를 돌렸다. 도시 밖으로 이어지는 길은 살덩이로 채워져 막혀 있었다. 백현은 한숨을 푹 내쉬며 왼손을 내려다보았다. 무리해 시달린 왼손은 주먹이 으스러지고 팔뚝 뼈가 부러져 흔들리고 있었다.

"이거 병신 되는 거 아니야?"

슬며시 걱정되어 투덜거리며 오른손을 들었다.

뻐엉!

내지른 장력이 길을 막고 있는 살덩이를 터뜨렸다. 길이 워낙 좁았기에, 백현은 격공섭물로 띄운 헌터들을 먼저 앞으로 보냈다. 당연히 우선순위는 서민식과 사라, 정수아였다.

"백현?"

길 너머에서 외치는 목소리가 들렸다. 라이 룽이었다.

"뭐야? 네가 왜 거기 있어?"

"안에서 무슨 일이 있던 거냐?"

"마침 잘됐네. 거기서 받기나 해!"

라이 룽이 뭐라고 더 외쳤지만, 백현은 당장 대답해 주지 않았다. 묻는 말에 제대로 대답하지 않은 것은 라이 룽도 마찬가지였으니 피차일반 아닌가? 터뜨린 살덩이들은 파편도 남기지 않았는데 꾸물거리며 재생되었다. 어쩔 수 없이, 백현은 잠시 그 자리에 서서 지탄을 튕겨 살덩이들이 재생하지 않도록 파괴하며 격공섭물로 헌터들을 띄워 보냈다.

"무슨 일이 있었던 거냐고!"

"나가서 얘기해 줄게, 나가서."

라이 룽이 답변을 재촉했지만, 백현은 서두르지 않았다. 그러는 사이에 마지막 헌터가 길을 지났다.

"……드레이브? 이 새끼는 왜……? 설마 네가 팬 거냐?"

라이 룽이 놀란 목소리를 냈다.

"패긴 왜 패?"

백현은 투덜거리면서 다시 뒤를 힐긋 보았다. 그러다가 한숨을 푹 내쉬며 몸을 돌렸다. 보낼 사람은 다 보냈으니, 이제는 그가 갈 차례였다.

[……가 눈을 뜹니다.]

"응?"

[……가 경고를……]

번쩍. 빛이 떨어졌다.

방심 따위는 없었다. 막 전투를 끝낸 상태다. 만족스러운 전투도 아니었다. 심지어 패배였다. 전투의 긴장은 여전했고 감각은 모조리 깨어 있었다. 그럼에도 알아차릴 수 없었던 것은 공격 자체가 은밀했기 때문이다.

'어디서?'

백현은 몸을 둥글게 말아 웅크렸다. 급박히 펼친 만연비궁의 꽃잎이 흩어지는 것이 보인다. 즉시 내공을 쏟아부어 꽃잎을 재생성하고 호신강기를 부풀린다. 하지만 공격으로써 쏟아진 빛은 꺼지지 않고 계속 이어지고 있었다.

쿠르르릉!

백현이 서 있던 땅이 빛에 의해 소멸되었다. 그 아래는 끝없는 어둠이 가득 차 있었다.

백현은 빠득 이를 씹었다. 그는 두 눈을 부릅뜨고서 위를 쳐다보았다. 적의가 광적인 살기로 돌변했다. 백현은 어마어마한 밀도로 응축된 광자의 너머를 쳐다보았다. 흐릿하게, 이 무지막지한 공격을 쏘아낸 상대의 모습이 보였다.

'마룡왕이 아니야.'

우습게도, 백현은 자신을 공격한 상대가 마룡왕이 아니라는 것에 안도했다. 만약 마룡왕이었으면 크게 실망할 뻔했다. 살계를 열지 않겠다 하면서 보내주고, 마지막에 뒤통수를 친 격이니까. 그렇다고 짜증이 없는 것은 아니었다.

"너."

들릴지 안 들릴지는 모르겠지만. 백현은 빛의 너머에 있는 놈에게 내뱉었다.

"기억했어, 개새끼야."

빛기둥과 함께 백현의 몸이 어둠 속으로 추락했다.

"말은."

천존(天尊)은 고개를 주억거리며 큭큭 웃었다. 그러면서 괜스레 손끝을 비볐다. 설마 저 공격 속에서 대뜸 이쪽을 포착해 올 것이라고는 생각하지 못했다. 애당초 상상외였던 것은 이 기습으로 소멸하지 않고 버텨냈다는 것이다.

'인간이면서.'

대단하기는 하지만, 그래도 가슴은 후련했다.

'기억했다고? 그래서 뭐 어쩌겠다는 건가.'

천존은 흐뭇한 미소를 지었다.

신중하면서 과하게. 고작 필멸자에게 향하기엔 과한 공격을 쏘아주었다. 그 공격으로 소멸시키지는 못했지만, 지면을 완전히 붕괴시키고 저 깊은 어비스의 어둠으로 날려 보내는 것에는 성공했다. 그리된 이상, 그것으로 끝이다. 저 끝 모를 어둠 속은 아무것도 존재하지 않는다.

천존은 만족스러운 미소를 지으며 들고 있던 손을 아래로 내렸다. 허공에 불쑥 튀어나와 있던 포문(砲門)이 뒤로 밀려나 사라졌다.

"어딜 감히."

주제도 모르고. 천존은 웃는 목소리로 중얼거리며 몸을 돌렸다.

뻐어엉!

파공음과 함께 천존의 몸이 땅에 내리꽂혔다.

"꺼흑!"

천존의 입에서 꼴사나운 비명이 터져 나왔다. 그는 급히 몸을 일으키려 했지만.

꽈직!

자그마한 발이 천존의 가슴을 내리찍었다.

"꽥!"

천존의 입에서 침이 튀었다. 마룡왕은 살기로 번들거리는 눈으로 천존을 내려 보았다. 천존은 그녀의 금색 눈동자를 올려보며 헉하고 숨을 삼켰다.

"마, 마룡왕."

"죽고 싶소?"

마룡왕이 스산한 목소리로 물었다. 천존은 마룡왕이 살기를 내비치는 것을 이해할 수가 없었기에 더듬거리며 물었다.

"대, 대체 왜 그러는 거요? 내가 무엇을 잘못했기에?"

"정녕 몰라서 묻는 것이오?"

"일단 진정하고…… 발, 발! 이것부터 좀 치워주면 안 되겠소?"

"왜 백현을 공격한 것이오?"

"백현? 그게 누구……."

"저 인간."

'×발, 그게 대체 뭐가 잘못이라고?'

천존은 가슴 깊은 곳에서 억울함이 솟구치는 것을 느꼈으나, 내색하지 않으려 애쓰면서 침착한 목소리로 말했다.

"당장은 하잘것없는 존재일지도 모르나, 언젠가 위협이 될지도 모르니 미리 치우려 했을 뿐이오."

"역천자가 죽이지 말라 하였을 터인데?"

"그 말을 무조건 따를 필요는 없지 않소? 그는 내 뜻대로 하라 하였고, 나는 내 뜻대로 하였을 뿐이오."

"그렇다면 본녀 또한 뜻대로 해도 되겠소?"

꾸드득……!

마룡왕의 발에 힘이 가해졌고, 천존은 꽥꽥거리며 팔을 버둥거렸다.

"그만, 그만! 내, 내가 그대의 의중을 헤아리지 못했던 게요. 그대가 저 인간을 아꼈음을 알았더라면……."

"본녀는 뜻대로 하고 있을 뿐이오."

"으……! 끅! 아익!"

천존이 시뻘게진 얼굴로 마룡왕의 발목을 붙잡았다. 그는 낑낑거리면서 마룡왕의 발을 들어 올리려 하였지만, 그의 힘으론 마룡왕의 작은 발을 드는 것은 무리였다. 그렇다고 포문을 꺼내 반격하자니, 마룡왕이 진심으로 죽이려 들까 두려워 감히 그럴 수도 없었다.

"죽지 않았습니다."

뒤에서 들린 목소리에 마룡왕은 고개를 돌렸다. 새하얀 백의를 입은 여인이 마룡왕을 쳐다보고 있었다.

"검무희."

마룡왕은 초점 없이 공허한 눈을 마주 보며 중얼거렸다. 잠시 검무희를 쳐다보던 마룡왕은 천존의 가슴에서 발을 떼고서 훌쩍 뛰어올랐다. 그녀는 천존의 공격으로 생긴 구멍의 위에 멈췄다.

"……음."

깊은 구멍 아래에서는 시커먼 어둠이 일렁거리고 있었다.

천천히 뒤따라오던 검무희가 마룡왕의 곁에서 멈추었다.

"천존의 공격으로 죽지 않은 것은 본녀도 알지만, 저 아래로 떨어진 이상…… 죽지 않았겠소?"

"아닙니다."

검무희가 고개를 가로저었다.

"알 수 없는 빛이 그 인간을 보호하고 있었습니다."

그 말을 들으며 마룡왕은 다시 구멍 아래의 어둠을 내려다보았다. 어둠 외에 아무것도 보이지 않았다.

10장
등선로

[……가 당신을……]

소리가 잘 들리지 않았다.

'어디지?'

아무것도 보이지 않았다. 오감 전체가 망가진 것 같았다. 어디를 봐도 보이는 것은 시커먼 어둠뿐. 자기 몸조차도 보이지 않는다. 기감을 확장시켜도 소용이 없었다. 파천신화공을 운용했다. 내공을 사방으로 퍼뜨렸지만, 이 역시 무의미했다. 그를 집어삼킨 어둠은 뭔 짓을 해도 미동도 하지 않았다.

[……가 당신을……]

뒤의 말이 잘 들리지 않는다. 백현은 낮은 소리로 욕설을 내뱉었다. 별의별 일을 다 겪는다는 생각이 들었다.

[……가 빛을……]

펑.

얼마나 어둠을 떠돌았을까. 어둠이 흩어졌다. 그제야 백현은 자신의 몸을 내려 볼 수가 있었다. 다행히 몸에는 별 이상이 없었다. 왼팔이 너덜거리긴 했지만 그건 어둠에 떨어지기 직전과 똑같았다.

"여긴 어디야?"

미약한 불빛이 가까운 곳에서 어둠을 밝혀주고 있었다. 방금 한 말은 혼잣말이 아니라 저 빛에게 물은 것이었지만, 대답은 돌아오지 않았다.

"여기서는 어떻게 나가야 하는데?"

다른 것을 질문해 본다. 하지만 빛은 깜빡거리기만 할 뿐이다. 그걸 보며 백현은 한숨을 푹 내쉬었다.

우선, 그는 걸치고 있던 무복을 북 찢어 너덜거리는 왼팔을 칭칭 휘감았다.

"포션이라도 좀 들고 다닐걸."

혹시나 싶어서 상점창을 불러보았지만, 될 리가 없었다. 백현은 깜빡거리는 빛을 힐긋 보다가 천천히 움직이기 시작했다.

'아까랑 다르네.'

아까 어둠 속에서 헤맬 때는 저 빛이 길을 알려주었다. 하지만 지금은 그저 어둠을 밝혀주기만 할 뿐, 길을 알려주지는 않는다.

'전부 달라.'

눈은 어둠에 익숙해지지 않는다. 이건 그런 성질의 어둠이 아니었다. 백현은 호흡하며 파천신화공을 운용했다. 빛을 쏜 새끼. 얼굴은 봤다. 보긴 했는데 누구인지는 모르겠다.

'왜 알아차리지 못했지?'

예의 그 목소리가 아니었다면 방어하지도 못했을 것이다. 그랬다면……. 백현은 손가락으로 관자놀이를 툭 쳤다.

"야. 뭐라고 말 좀 해봐."

이번에도 대답은 들리지 않았다. 말하고 싶을 때만 멋대로 튀어나와 지껄이는 놈이다.

"그래도 고맙다."

백현은 픽 웃으면서 말했다. 뭔지도 모를 놈이기는 했지만 도움을 준 것은 사실 아닌가?

"나한테 뭘 바라는 건지는 모르겠지만 말이야."

무조건적인 호의라곤 생각하지 않는다. 뭔가 바라는 것이 있으니 도와주는 것이겠지. 백현은 그런 생각을 하며 파천신화공을 운용했다. 그 순간.

두근.

멀쩡한 심장이 크게 한 번 뛰었고, 근처에서 반짝이던 빛이 흔들렸다. 그 뒤에는 주변 가득한 어둠이 요동쳤다. 백현은 놀라 가슴에 손을 얹었다. 미동도 하지 않던 빛이 대뜸 앞으로 튀어 나갔다. 백현은 순간 당황했지만, 즉시 빛을 쫓아서 달렸다.

점점 빨라진다. 단순 신체 능력으로는 쫓아갈 수 없을 만큼. 그러니 내공을 써야 했다. 파천신화공이 운용된다. 그때마다 심장이 쿵쿵거리며 뛰었다. 전투를 앞두었을 때, 신나게 싸울 때와는 다른 고동이었다. 심장박동과 함께 어둠이 흔들린다. 빛은 더, 더 빨라졌다. 그만큼 백현은 파천신화공을 운용하며 빛을 쫓아 달렸다.

놈이 어디로 가는 것인지는 알 수 없었지만, 보이지도 않는 어둠을 헤매는 것보다는 쫓아가는 것이 나으리라 생각했다. 흔들리는 어둠 저편에서 무언가가 보인다. 높은 봉우리 위에 누군가가 가부좌를 틀고 앉아 있었다.

'아.'

백현은 홀린 것처럼 그쪽을 바라보았다. 보이는 것은 등뿐, 얼굴은 보이지 않는다. 하지만 그 널찍한 등과, 세월대로 늙은 흰머리. 입은 옷은 달랐지만, 백현은 저 등이 누구인지 알고 있었다.

"스승님."

짤막한 외침이 전해졌을까. 뒤돌아 앉은 주한오의 어깨가 살짝 떨렸다. 그는 천천히 고개를 돌렸다. 백현은 자신도 모르게 그를 향해 손을 뻗었다. 역시, 잘못 본 것은 아니었다. 고개를 돌린 주한오의 표정에 작은 놀람이 어렸다.

변함없는 모습이었다. 얼마나 세월이 흘렀을까? 백현에게 있어선 고작해야 4개월이지만 도원경의 시간으로는 1년이 넘는다. 스승은 과연 얼마만큼의 시간을 보낸 것일까. 백현은 여전히 주름이 적은 스승의 얼굴을 보며 가슴이 먹먹해지는 것을 느꼈다.

"……."

주한오의 입이 열렸다. 뭐라고 말을 한 것 같은데, 들리지 않았다. 그리고 어둠이 완전히 흩어졌다.

주한오의 모습이 사라졌다.

"아!"

백현은 놀라 소리를 내며 주한오가 있던 곳을 향해 뛰려 했다. 하지만 갈 수 없었다. 무언가가 발목을 꽉 붙잡는 것만 같았다. 급히 아래를 보았지만, 잡고 있는 것 따윈 보이지 않았다.

보이지 않을 뿐이었다. 백현의 몸이 아래로 확 당겨졌다. 백현은 극성으로 파천신화공을 운용해 버티려 했지만, 그를 아래로 끌어내리는 힘은 절대 거역할 수 없는 법칙이었다.

흩어져 가는 어둠들이 스쳐 지나간다. 백현은 어딘지 모를 아래로 추락하며 위를 노려보았다. 짧게 보았던 스승의 모습아 망막에 새겨진 것만 같았다.

콰앙!

추락이 끝났다. 백현은 굽혔던 무릎과 등을 펴면서 일어섰다. 도대체 얼마나 높은 곳에서 떨어진 것인지 감도 잡히지 않았다.

'난 대체 어디서 떨어진 거지?'

위를 본다. 당연하게도 하늘이 펼쳐져 있었다. 구름 한 점 없는 맑은 하늘이었다.

'움직여.'

백현은 발을 슬쩍 들어보았다. 벗어날 수 없던 꺼림칙한 '힘'은 더 이상 발목을 잡고 있지 않았다.

백현은 위로 도약했다. 그의 몸은 단숨에 저 높은 하늘로 날아올랐다. 하지만 일정 높이에서, 또다시 그 '힘'이 백현의 발목을 붙잡아 아래로 끌어당겼다.

'중력?'

그건 당연히 있는 거고. 백현은 추락하면서 아래를 보았다. 구불구불 이어져 있는 길이 보였고, 그 바깥은 까마득한 절벽이었다.

쿵!

아까보다는 작은 소리와 함께 착지했다.

"허 참."

중력치고는 너무 무식하지? 백현은 그렇게 중얼거리면서 주변을 휘휘 둘러보았다. 스읍, 하고 숨을 깊게 마신다. 공기가 참 맑았다. 어둠을 밝혔던 빛은 어느새 사라져 있었다. 백현은 뒤통수를 벅벅 긁었다.

"……여기는 어디예요?"

"등선로(登仙路)다."

백현은 고개를 돌리며 물었다.

이름 모를 나무 아래의 큰 바위. 그 위에 한 남자가 앉아 있었다. 놀랄 것도 없는 일이었다. 남자는 아까부터 저곳에 앉아 있었다. 단지 있는 체도 안 하고 먼저 말도 걸지 않았을 뿐이다.

"쓸데없는 짓은 다 한 거냐?"

남자가 고개를 돌려 백현을 보았다. 그는 얼핏 보기에는 삼십 대 장한으로 보였는데, 왠지 그보다 더 어려 보였다. 어린아이처럼 순수한 빛을 담아 반짝거리는 커다란 눈동자 때문이었다.

"쓸데없는 짓이라니, 나름 진지하게 한 일인데."

"뭐 하러 그딴 짓을 한 거냐? 처음부터 물어보면 될걸."

"순순히 대답해 줄 것 같지도 않아서요."

"대답해 주지 않을 이유가 뭐 있어? 여기가 어디인지가 뭐 얼마나 대단한 비밀이랍시고."

남자는 그렇게 투덜거리면서 바위 위에서 내려와 일어섰다. 앉은키만큼이나 키도 컸다. 그리고 등 뒤에는 길쭉한 두 자루의 묵색 단창을 메고 있었다.

"그보다. 여기가 등선로라고 했죠?"

백현은 가슴이 두근거리는 것을 느끼며 남자에게 물었다. 남자는 심드렁한 표정으로 고개를 끄덕거렸다.

"그러면, 저 앞으로 가면 선계(仙界)가 있는 건가요?"

"뭐, 불리는 이름은 제각각이지만. 선계라고 불리기도 하지."

"그건 또 무슨 말이에요?"

"저 앞은 선계라 불리기도 하고, 발할라라 불리기도 한다. 또 어떤 놈들은 투마지옥(鬪魔地獄)이라 부르기도 하지. 가장 흔히 불리는 건 투신전이고."

"발할라는 들어봤는데. 북유럽 신화에서 나오는 것 아닌가?"

"이름만 그럴 뿐이지 전혀 달라. 저곳을 지배하는 것은 그 뭐냐, 오딘인지 뭔지 하는 놈이 아니라 좀 맛이 간 새끼거든."

남자는 그렇게 말하면서 쩝 입맛을 다셨다.

파팟!

그의 등 뒤에 있던 두 자루의 단창이 위로 솟구쳤다. 백현은 양손을 들어 창을 잡는 남자를 보면서 계속해서 물었다.

"어쨌든 선계라는 거네요?"

"네가 아는 선계와는 다를지도 모르지만 말이다."

"그래서. 당신은 누구죠?"

"통성명을 해야 하나?"

"서로 알아서 나쁠 것은 없잖아요. 아, 제 이름은 백현이라고 해요."

"난 이름 같은 것은 옛적에 까먹었어."

"오래 살아서?"

"그것도 있지만, 별로 마음에 드는 이름도 아니었거든. 이름보다 다르게 불리는 것이 더 좋았고."

"그럼 당신을 뭐라고 부르면 될까요?"

"창왕."

창왕은 그렇게 말하면서 손에 쥔 창을 하나로 이었다.

"창왕 아저씨라고 부르면 되나?"

"그건 좀, 쓸데없이 친한 척하는 느낌인데."

"그렇다고 덜렁 창왕이라고 하는 건 너무 예의 없게 들리지 않아요?"

"듣고 보니 그러네."

"그럼 창왕 아저씨라고 부를게요. 아저씨는 여기서 뭘 하고 있던 거예요?"

"기다리고 있었지."

시답잖은 것을 묻는군. 창왕이 백현을 흘겨보며 말했다.

"여기, 등선로는 저 앞으로 향하는 입구다. 선계로 처음 들어오는 놈은 누구 하나 예외 없이 이 길을 지나야 해."

예전에는 이마저도 없었어. 창왕은 고개를 돌려 뒤를 보면서 중얼거렸다.

"자주 있는 일은 아니지만, 아주 가끔…… 등선을 이뤄 선계에 들어오는 놈이 있지."

"환영 인사를 해주려고 기다리던 건 아닌 것 같은데."

"겸사겸사지. 환영도 해주고, 얼타지 말라고 긴장도 풀어주고. 내 나름대로의 배려심이다. 저기가 어떤 곳인지 설명도 해주고 말이야."

그런데 말이다. 창왕은 기다란 창을 어깨에 걸치며 백현을 빤히 보았다.

"넌 대체 뭐냐?"

"이름 알려줬잖아요."

"그딴 걸 물어보는 게 아니야. 너는…… 되게 희한하게 들어왔어. 등선해서 들어온 게 아니야. 너, 대체 어디서 떨어진 거냐?"

그 질문에 백현은 검지를 들어 하늘을 가리켰다. 창왕의 얼굴이 구겨졌다.

"그건 나도 봐서 알아. 그래서 더 이해가 안 가는 거야. 하늘? 저곳 어디서 떨어진 건데? 왜? 어떻게?"

"그건 나도 모르겠는데요."

5

"이곳은…… 오고 싶다고 해서 마음대로 올 수 있는 곳이 아니야. 나름대로 자격이 필요하다고. 그 자격도 갖추지 않고서 침범하는 놈? 그건 미친 새끼지, 아니면 병신 같은 자살을 하고 싶어서 안달이 난 새끼거나. 너도 그런 거냐? 여태까지 그런 짓을 한 놈은 한 명도 없었는데."

"사고예요, 아마도."

"사고?"

"뭔가에 휘말려서."

"그럼 더 이해가 안 되는데. 대체 어떤 사고에 휘말려야 결계를 뚫고서 들어올 수 있는 거지?"

창왕의 중얼거림에 백현은 어깨를 으쓱거렸다. 그가 한 것은 움직이는 빛을 쫓아 어둠을 달리던 것뿐이다. 그러다가 무언가가 발목을 잡아끌어, 여기에 떨어졌다.

"이건 대체 뭐예요?"

백현은 손을 들어 자기 발목을 가리켰다. 거기엔 아무것도 없었지만, 창왕은 백현이 무슨 말을 하는지 알아들었다.

"억제력이지."

"그게 뭔데요?"

"정상적인 방법으로 들어오지 않은 놈이 마음대로 도망치지 못하게 만드는 거."

"들어오고 싶어서 들어온 것도 아닌데."

"글쎄다. 네가 거짓말을 하고 있을 가능성도 충분히 있지 않겠냐? 그리고…… 이거 참 묘하네."

창왕은 여전히 창을 쥐고서, 백현을 노려보았다.

"너한테는 익숙한 기가 느껴져."

"아, 그럼."

잘됐다 싶었다.

"아저씨. 혹시 무신마라고 알아요?"

"……무신마?"

창왕의 눈이 동그랗게 떠졌다.

"네가 그 늙은이를 어떻게 알아?"

백현의 얼굴에 함박웃음이 번졌다.

"네가 그 늙은이의 제자일 줄이야……!"

가다듬은 이야기가 끝났을 때. 창왕은 어이가 없단 표정을 지으며 내뱉었다. 제자가 있다는 이야기를 듣기는 했는데, 설마 이렇게 만나게 될 것이라고는 생각도 해본 적이 없었다.

"그래서, 어떻게 여기로 온 건지도 모른다고?"

"말했잖아요."

"뻥치는 거 아니야?"

다 듣기는 했지만, 의심을 완전히 거둘 수는 없었다. 백현은 억울하단 표정을 지으며 파천신화공을 운용했다. 그의 두 눈이 붉게 물들고 검은 호신강기가 솟구쳤다. 느껴지는 기질에 창왕은 떨떠름한 얼굴로 고개를 끄덕거렸다.

"뻥은 아니군."

무신마의 파천신화공은 창왕도 알고 있었다. 몇 달 전 그가 선계에 처음 들어와, 등선로를 지날 적에도 창왕은 이곳에 있었다. 언제나처럼 싸움을 걸었고, 만족스러운 싸움을 했다.

"그래도…… 이해가 안 돼. 어비스? 거기서 어떻게 여기로 들어올 수 있던 거지? 빛? 그건 또 뭐야?"

"나도 몰라요. 오고 싶어서 온 것도 아니고."

"여휘 따라서 온 것도 아니란 말이지?"

창왕은 그렇게 투덜거리면서 쥐고 있던 창을 내려다보았다. 꺼내기는 했는데 휘두를 상황이 아니었다.

'여휘?'

창왕이 중얼거린 말에 백현이 눈을 동그랗게 떴다.

"아저씨, 여휘도 알아요?"

"왜 모르겠어?"

이거 난감하네. 창왕은 뒤통수를 벅벅 긁으며 뒤를 돌아보았다. 그는 구불구불 이어진 등선로의 길을 보면서 말했다.

"결국, 넌 등선한 것도 아니면서 등선로에 온 거야. 여휘 같은 경계(境界)의 사자(使者)의 손에 이끌린 것도 아닌데 말이지."

"그런데요?"

"이런 경우가 처음이거든. 그래도 말이야, 거 뭐냐…… 처음 있는 일이기는 해도 이럴 때를 위한 대비책 정도는 있거든."

"그게 뭔데요?"

백현이 고개를 갸웃거리면서 묻자, 창왕은 쯥 하고 아랫입술을 빨았다.

"죽이는 거지."

"오우."

"자격도 없이 들어왔다. 이곳의 결계는 우연 따위로 들어올 수 있는 만만한 것이 아니야. 경계의 사자는 선계를 드나들 수 있기는 하지만, 그것도 이 세계의 주인이 허락으로 이뤄지는 일이지. 결국, 너는 누구의 허락도 없이 이 세계에 들어온 침입 자인 거다. 그리고 여긴 침입해 온 적에게 자비를 베풀 만큼 상 냥한 세계가 아니야."

"신선이라고 하면 뭔가 좀, 그런 이미지 아니에요? 수염 길게 기른 할아버지들이 바둑이나 장기 두고."

정작 바로 앞에 있는 창왕에게 수염 같은 건 없었다.

"그런 놈들이 없는 건 아닌데, 아까도 말하지 않았냐? 이곳 은 여러 가지 이름으로 불려. 무조건 선계가 아니라는 거지."

"그래서. 죽여야 한다?"

"깐깐히 따지자면 그렇지."

난감하다고 말한 이유가 그것이다. 무신마의 제자라는 것도 그렇고, 말을 들어보면 정말 이유도 모르고 들어온 것 같았다. 잠시 고민하던 창왕은 한숨을 푹 내쉬었다.

"따라와라."

고민 끝에, 창왕은 백현을 죽이지 않기로 했다. 가장 좋은 것은 이대로 돌려보내는 것이겠지만, 창왕에게는 그럴 능력이 없었다. 그렇다고 백현에게 자력으로 돌아갈 만한 능력이 있는 것도 아니었다.

"어디로 가요?"

"등선로 밖으로."

백현은 발을 질질 끌며 걷는 창왕의 등을 우두커니 쳐다보았다. 그러다가 자신의 왼팔을 힐끗 내려 보았다. 그 팔은 여전히 부러졌고, 주먹은 으스러져 있었다.

"창."

백현이 낸 목소리에 창왕이 걸음을 멈추었다.

"기껏 빼서 쥐었는데, 그냥 가게요?"

"……허?"

창왕이 고개를 돌렸다. 그는 빙긋 웃고 있는 백현의 얼굴을 잠깐 동안 우두커니 바라보았다.

창왕은 찢은 옷깃으로 둘둘 만 백현의 왼팔을 보았다. 그 반대편에 있는 오른팔은 부러진 곳 없이 멀쩡했는데, 천천히 손을 쥐었다 펴며 핏줄이 꿈틀거리고 있었다.

"이게 미쳤나."

창왕은 입꼬리를 비틀어 올리면서 웃었다.

차각.

어깨에 걸친 장창이 두 자루로 나누어졌다. 창왕은 그중 한 자루를 땅에 박아 넣었다.

"뭐 하는 거예요?"

"너 왼팔 못 쓰잖아."

"그렇다고 맞춰줄 필요는 없는데."

"제대로 맞춰주려면 이보다 더해야 할 것 같은데. 왜, 내공도 쓰지 말고 할까?"

"그건 너무 센 척 아닌가?"

"너보다 센데 뭐가 센 척이야?"

창왕은 낄낄 웃으며 말했다. 그는 오른손에 쥔 단창을 한 바퀴 붕- 돌렸다. 그리고 왼손은 뒷짐을 지고서 두 다리를 넓게 벌리고 섰다.

"죽이진 않으마."

백현은 그 말을 듣고서 히죽 웃었다.

넓다. 그런 생각을 했다. 세상은 넓었다. 백현이 아는 세계는 도원경과 자기가 태어난 세상, 그리고 어비스뿐이었다. 도원경에 처음 갔을 때는 이런 세상도 있구나 싶었고, 어비스에 들어갔을 때는 설렘과 흥분을 느꼈다.

도원경에서 파천신화공 오성을 이루었을 때. 앞으로 참 지루하겠구나, 하던 생각은 저만치 사라졌다. 헌터, 몬스터, 사도, 권속, 군주. 어비스에 관한 존재들을 만나면서 백현의 세상은 계속해서 넓어졌다. 세상이 넓어지는 만큼 그의 시야도 함께 넓어졌다.

패배. 무령을 죽이면서 군주, 신격이란 존재에게 실망했다. 그리고 마룡왕에게 패배하면서 신격이라 해서 모두가 무령 같은 것이 아님을 알았다.

그 역시 개안(開眼)이었다. 세상은 넓었다. 그 세상을 전부 보기에는 백현의 시야는 너무 좁았다.

'과연, 넓어.'

창이라는 무기는 안다. 도원경에서 싸웠던 상대 중에서도 창을 사용하는 무인은 있었다. 처음 싸웠을 때는 졌었고, 몇 번 싸운 뒤에는 이겼다.

창은 까다로운 무기였다. 길이가 긴 만큼 공격 범위가 넓다. 직선의 창은 어떻게 다루느냐에 따라서, 그 길이 이상의 범위를 점하고 무한한 변화를 만든다.

스승은 무기에 만병지왕 같은 것은 없다고 하였다. 어떤 무기든 간에 쓰는 놈이 중요하단 것이 스승의 지론이었다.

하지만 창왕의 창은, 백현이 상대해 본 모든 무기를 통틀어 만병지왕에 가까웠다. 살수를 쓰지 않았을 뿐이지 전력을 다한 것은 사실이다.

창왕의 창은 백현의 공격을 거두고 흘리면서 반격했다. 거리가 좁혀지지 않도록 꾸준히 견제를 넣으며 틈을 노려 찌르고, 때린다. 형(形)을 간파할 수 없었다. 허 속에 실이 있었다. 그의 모든 공격이 대응하기 까다로웠다.

왼팔을 쓸 수 없어서? 그건 창왕도 마찬가지다. 기교적인 면에서 창왕은 백현보다 저만큼 높은 곳에 있었다. 그렇다고 기공에서 우세를 점할 수 있던 것도 아니었다.

"그만하죠."

여기까지다. 백현은 파천신화공을 멈추었다. 창왕과의 거리를 조금 좁히기는 했지만, 유효한 타격을 가하지는 못했다. 계속해 보면 좁힐 수 있을까? 글쎄. 큰 자신은 없었다.

"똥 싸다가 끊긴 기분이군."

창왕은 투덜거리면서 창을 거두었다. 그는 들고 있던 창을 등에 걸치고, 바닥에 박아 넣은 창을 향해 손을 뻗었다.

"무신마가 네 얘기를 많이 했었다."

"정말요?"

"뛰어난 제자라고 많이 얘기했었지."

"아저씨가 보기에는 어때요?"

"자기 제자니까 으레 하는 말이라 생각했는데."

창왕은 그렇게 중얼거리며 몸을 돌렸다. 똥 싸다가 끊긴 기분. 정말 그랬지만, 차라리 여기서 끝내는 것이 나았다. 더 싸웠으면 멈추기 싫었을 것이다.

'익숙해지고 있었어.'

그게 가장 놀라운 일이었다. 이 짧은 접전 사이에, 저놈은 창왕의 창에 익숙해져서 대응하고 있었다. 처음에는 무조건 막기만 하던 놈이 조금 시간이 흐르자 피하기 시작했고, 그 뒤에는 반격까지 했다.

저런 놈은 흔하지 않다. 동격인 상대라면 의아할 것도 없는 일이나, 창왕은 틀림없이 백현보다 강했다. 그의 창은 백현보다 빠르고 무거웠다. 그런데도 놈은 짧은 시간에 익숙해지고 대응하기 시작한 것이다.

"스승님과도 싸웠었죠?"

"싸웠지."

"누가 이겼어요?"

백현은 터덜터덜 걷는 창왕의 곁을 따라 걸으면서 그렇게 물어보았다. 그 말에 창왕의 얼굴이 구겨졌다.

"넌 누가 이겼다고 생각하냐?"

"모르니까 물어보죠."

"현명한 대답이군. 내가 졌다."

그 말에 백현이 벙긋 웃었다.

"무신마는 강했어. 그렇게 강한 놈이 왜 이제야 등선했는지 모를 정도로 말이지."

"선계에는 스승님보다 강한 신선이 몇이나 되나요?"

"글쎄다. 너도 알겠지만, 싸움이라는 게 무조건 이기고 지고 이런 게 없는 거라서. 내가 이긴 놈이 내가 졌던 놈한테 질 수도 있는 거지."

"그래도 대충."

"무신마는 선계에서도 상위에 드는 실력자다. 특히 인간 중에서는 한 손에 꼽히지."

인간 중에서. 그 말에 백현은 고개를 갸웃거렸다.

"선계에는 인간 말고 다른 존재들도 많은가 봐요?"

"이 세계는 무조건 인간만 오는 것은 아니야. 요괴나 엘프…… '필멸자가 무(武)를 통해 탈각을 이루었을 때, 이 세계에 들어올 자격을 얻는다."

창왕은 그렇게 말하고서 백현을 힐긋 보았다.

"너도 언젠가는 올 수 있을 거야. 어디서 죽지만 않으면 말이지."

"그럼…… 선계에서 가장 강한 신선은 누군가요?"

백현은 진한 호기심을 느끼며 그렇게 질문했다. 그 말에 창왕이 낄낄 웃었다.

"강함은 상대적인 거라고 했을 텐데?"

"아저씨가 생각하기에 말이에요."

"내 주관대로 말이지? 뭐…… 역시 가장 강한 것은 선계의 주인이지. 하지만 그놈은 너무 강해서 오히려 논외야. 그다음은……."

창왕은 잠시 고민했다.

"허주(虛主). 선계의 주인을 제외하면 놈이 가장 강하지. 그다음이 마황(魔皇)? 두 놈 아래부터는 솔직히 비슷비슷해. 무신마도 그쯤이다."

"아저씨는요?"

"나는 그보다 아래지."

그렇게 말하는 창왕은 자존심 같은 것은 신경 쓰지 않는 것처럼 느껴졌다.

"다 왔다."

등선로의 끝에는 원형의 커다란 문이 있었다. 창왕은 굳게 닫힌 문을 향해 다가갔다.

쿠르르릉!

손을 뻗자, 문이 커다란 소리를 내며 열리기 시작했다.

"뭐 하냐?"

창왕은 문을 지나면서 백현에게 손짓했다. 백현은 꿀꺽 침을 삼키며 창왕을 따라 문을 지났다.

쿠웅!

둘이 통과하자 문이 다시 닫혔다. 뒤돌아보니, 등선로는 보이지 않았다. 오직 문만이 덩그러니 남아 있을 뿐이었다.

"마을이나 도시…… 뭐 그런 건 없어요?"

"도시라 할 만한 건 없어. 그 정도로 많은 신선이 있는 것도 아니고. 마을…… 이라 할 만한 건 있지."

문을 지나 도착한 곳은 풀과 나무가 울창한 산속이었다. 백현은 노골적으로 이쪽을 보는 시선들을 느꼈다. 그는 주변을 쓱 둘러보며 창왕에게 물었다.

"인사라도 해야 하는 거 아니에요?"

"내버려 둬. 정 궁금한 놈이 있으면 알아서 찾아와 물어볼 테니까."

그 말대로 파직, 하고 눈앞에서 새카만 전류가 튀더니 어느새 긴 장포를 입은 남자가 뒷짐을 지고 서 있었다.

백현은 남자의 얼굴에 씌워진, 풍채와 분위기에 어울리지 않는 아기자기한 토끼 가면을 보며 입을 헤- 벌렸다.

"그놈은 또 뭔가?"

남자가 물었다. 어비스에서 만난 괴인 덕에 가면을 쓴 자에 대해서는 별로 좋은 기억이 없었지만, 저 남자가 쓴 가면은 수상쩍기보다는 꼭 광대처럼 느껴졌다.

"무신마의 제자라더군."

"제자가 벌써 등선한 건가?"

"아니, 하는 말로는 우연히 들어왔다는데."

"말도 안 되는 소리로군."

"그런데 꽤 그럴듯해서. 모르는 놈이라면 죽였을 텐데 말이야."

창왕의 말을 들으며 남자는 흠, 하는 소리를 내며 백현을 돌아보았다. 그는 여전히 뒷짐을 지고서 백현을 물끄러미 보았다.

백현은 가면의 눈구멍을 통해 남자의 눈을 보았다. 그는 노골적으로 백현을 품평하고 있었다.

'너무 넓잖아.'

백현은 남자의 기도를 엿보고서 혀를 내둘렀다. 등선을 이룬 신선들이 오는 세계라더니. 애들이나 좋아할 법한 우스꽝스러운 토끼 가면을 쓰고 있는 주제에, 저 남자는 창왕보다도 몇 수는 위에 있는 고수였다.

"흠."

남자가 고개를 끄덕거렸다.

"무신마의 제자가 본좌의 제자보다 훨씬 낫군."

"비교할 걸 비교해야지."

창왕이 놀리듯 말했다.

"그래서. 무신마에게 가는 건가?"

"돌려보내 주고 싶어도 당장 방법이 없으니, 일단 스승과 재회라도 시켜줘야지."

"갈 필요는 없을 것 같군."

남자는 그렇게 중얼거리며 고개를 돌렸다.

"아."

다가오는 기척을 느끼며, 백현은 자신도 모르게 그런 소리
를 냈다.

To Be Continued

9클래스 소드 마스터

이형석 퓨전 판타지 장편소설
WISHBOOKS FUSION FANTASY STORY

검성(劍聖), 카릴 맥거번.
검으로 바꾸지 못한 미래를 다시 쓰기 위해
과거로 돌아오다.

이민족의 피로 인해 전생에 얻지 못한 힘.

'이번 생에 그걸 깨주겠다.'

오직 제국인들만이 사용할 수 있었던,
그 힘을!

'나는 마법을 익힐 것이다.'

이제, 검(劍)과 마법(魔法).
두 가지의 길 모두 정점에 서겠다.

9클래스 소드 마스터: 검의 구도자

나는 될 놈이다

글쓰는기계 게임 판타지 장편소설
WISHBOOKS GAME FANTASY STORY

판타지 온라인의 투기장.
대장장이로 PVP 랭킹을 휩쓴 남자가 있다?

"아니, 어디서 이런 미친놈이 나타나서……."

랭킹 20위, 일대일 싸움 특화형 도적, 패배!

"항복!"

'바퀴벌레'라고 불릴 정도로
끈질긴 생명력을 가진 성기사조차 패배!

"판타지 온라인 2, 다음 달에 나온다고 했지?"

평범함을 거부하는 남자, 김태현!
그가 써내려가는 신개념 게임 정복기!

마왕성 플레이어

트레샤 퓨전 판타지 장편소설
WISHBOOKS FUSION FANTASY STORY

신들의 전장, 하멜.

집으로 돌아가기 위한 마지막 싸움.
믿었던 동료가 배신했다!

[영혼 이식의 대상을 선택해 주십시오.]

뒤바뀐 운명. 최약의 마왕. 그리고······.

"이번에는 좀 다를 거다!"

**어둠 속에 날카로운 칼날을 감춘,
마왕성 플레이어의 차가운 복수가 시작된다.**